반갑다 제비야
박씨를 문 내 제비야

흥부전

자료 출처

[국립민속박물관] 분재기(66쪽), 김준근 〈품 팔러 다니는 사람〉(94쪽), 김준근 〈물레질하고〉(95쪽), 김준근 〈죄인 태장 맞는 모양〉(98쪽)

[국립중앙도서관] 「해동여지도」 중 〈전국도〉(36쪽), 「흥보전」(171쪽), 「연의각」(171쪽), 「흥부전」(172쪽), 〈만화 흥보전〉(172쪽)

[규장각한국학연구원] 「호서읍지」 당진 지도(51쪽)

[독일 함부르크민족학박물관] 김준근 〈시장〉(81쪽)

[숭실대학교 한국기독교박물관] 김준근 〈갈이질하고〉(93쪽)

열네 살에 다시 보는 우리 고전 **5**
반갑다 제비야 박씨를 문 내 제비야
흥부전

1판 1쇄 발행일 2017년 2월 15일 1판 2쇄 발행일 2019년 4월 11일
글쓴이 고영 그린이 이윤엽 펴낸 곳 (주)도서출판 북멘토 펴낸이 김태완
편집장 이미숙 편집 김정숙, 송예슬 디자인 책은우주다, 안상준 마케팅 이용구, 민지원
출판등록 제6-800호.(2006. 6. 13.)
주소 03990 서울시 마포구 월드컵북로 6길 69(연남동 567-11), IK빌딩 3층
전화 02-332-4885 팩스 02-332-4875
페이스북 https://facebook.com/bookmentorbooks

ⓒ 고영·이윤엽, 2017

ISBN 978-89-6319-222-2 44810
ISBN 978-89-6319-143-0 44810(세트)

「이 도서의 국립중앙도서관 출판시도서목록(CIP)은 서지정보유통지원시스템 홈페이지(http://seoji.nl.go.kr)와 국가자료공동목록시스템(http://www.nl.go.kr/kolisnet)에서 이용하실 수 있습니다.(CIP제어번호: CIP 2017001286)」

열네살에
다시보는
우리고전
❺

반갑다 제비야
박씨를 문 내 제비야

흥부전

고영 글 · 이윤엽 그림

북멘토

민중의 소망으로 여문
여섯 통의 박

흥부와 놀부를 바라보는 시선

만약에 놀부는 부자이기 때문에 심술궂어도 괜찮아 보이고, 흥부는 가난하기 때문에 아무리 착해도 시시해 보인다면, 참으로 우리는 『흥부전』이 태어난 시대와는 아주 다른 세상에 살고 있는 것 같습니다. 그런데 정말 그래도 될까요. 정말 우리가 그런 눈으로 세상을 보면서 살아도 괜찮은 것일까요.

욕심 많은 사람이 절제하는 사람보다, 약삭빠른 사람이 정직한 사람보다 더 나은 대접을 받고 사는 오늘날, 『흥부전』
은 우리가 반드시 다시 읽어야 할 이야기라고 나는 생각했
습니다. 그것도 아주 제대로, 이 이야기를 만든 우리 조상
들 마음을 헤아려 가며 읽을 필요가 있다고 보았습니다.

_서정오, 『어린이 흥부전』(현암사, 2011), 〈들어가는 글〉에서

오늘날 수많은 『흥부전』 판본이 있지만 서정오 선생이 다듬
어 쓴 판본을 참으로 재미나게 읽었습니다. 〈들어가는 글〉에는
마음 깊숙한 데서 감동을 느꼈습니다.

'제비가 물고 온 박씨에서 쏟아져 나온 금은보화 또는 재앙'
이라는 줄거리는 한국어를 아는 모든 이의 머릿속에 현재까지
도 살아 있습니다. 하지만 착한 사람 흥부를 응원하던 마음, 막
돼먹은 놀부의 심술과 몹쓸 짓을 보며 속상해하던 마음은 어
느새 달라졌습니다.

'흥부가 착하다지만 무능한 가난뱅이니까 꼴같잖아 보인다',
'놀부는 막돼먹었어도 부자니까 흥부보다 낫다'는 말이 어린
이와 청소년 사이에서 흔히 돌아다닙니다.

문득 고개를 갸웃합니다. 실제로 『흥부전』을 읽고서 하는 말

일까요? 흥부는 정말 무능해서 가난했을까요? 놀부는 평소에 어떻게 살았으며, 어떻게 부자가 됐을까요?

이제부터 제가 여러분과 진짜로 해 보고 싶은 일은 『흥부전』 안으로, 실제로, 깊이 들어가 보는 것입니다.

그 유명한 줄거리!

흥부와 놀부 형제는, 형제라도 마음 씀씀이가 영 딴판입니다. 흥부는 가족과 이웃의 도리를 지키는 어진 사람이지만 놀부는 재물 욕심에 눈이 멀어 아무것도 보이지 않는 사람입니다. 놀부는 부모님이 돌아가시자 유산을 독차지하기 위해 흥부네를 내쫓지요. 하루아침에 집안에서 쫓겨난 흥부는 온갖 노동에 시달리지만 끼니조차 잇기 힘듭니다. 그러던 어느 날, 흥부네 집에 제비가 둥지를 틀고 새끼를 쳐요. 한데 둥지까지 올라와 새끼 제비들을 잡아먹는 구렁이!

구렁이를 피하던 새끼 제비 한 마리는 땅에 떨어져 다리가 부러집니다. 흥부는 다리 부러진 새끼 제비를 정성껏 치료해

날려 보내고요, 이듬해 그 제비가 흥부에게 박씨를 물어다 줍니다. 그 박씨를 심어 여문 박을 거두어 켜자 온갖 재물이 나와 흥부는 하루아침에 잘살게 되지요.

한편 흥부로부터 사연을 들은 놀부는 제 손으로 제비를 잡아 다리를 부러뜨린 뒤 날려 보내요. 그 제비 또한 박씨를 물어다 주지만 놀부가 거둔 박 속에서는 온갖 재앙이 쏟아집니다. 놀부는 결국 쫄딱 망하고요, 흥부는 망한 놀부네를 잘 거두어 줍니다. 놀부도 흥부의 마음 씀씀이에 감동해 지난 잘못을 뉘우치고요.

삼남의 형제

우리나라의 여느 옛 소설과 마찬가지로 『흥부전』 또한 판본이 여럿입니다. 그런데 많은 판본이 "충청, 전라, 경상 세 도 어름에 흥부와 놀부 형제가 살았다"는 데서 이야기를 시작합니다.

조선 시대에 충청, 전라, 경상 세 도는 조선 팔도 가운데서도

'삼남三南', '하삼도下三道'라는 말로 따로 일컬었어요. 이는 서울 아래 남쪽 세 도의 농업 생산과 거기서 나오는 세금이 조선 팔도의 경제를 떠받치고 있음을 염두에 둔 표현이지요. 이 세 도가 만나는 데서 살았다니, 형제는 농업 생산이 활발한 농촌 출신이겠죠.

또 『흥부전』은 판소리에서 태어난 뒤에 소설로 다듬어졌거나, 판소리와 긴밀한 관계를 맺으며 다듬어진 소설입니다. 이런 소설을 '판소리계 소설'이라고 하는데요, 판소리와 소설의 역사를 함께 살펴보면 『흥부전』의 대강은 조선 후기인 18세기 중반 이후에 틀이 잡힌 듯합니다. 실제로 소설의 내용과 세부 설정 대부분이 농촌 생활에 기대고 있지요. 곧 『흥부전』은 조선 후기 농촌을 배경으로 한 작품이라는 말입니다.

형 놀부

이제 그 배경을 염두에 두고 『흥부전』 안으로, 깊이 들어가 볼까요. 놀부는 평소에 이런 심술을 부리며 살아요.

초상난 데 춤추기, 애 낳는 집에서 개 잡기, 아이 밴 여자 배 차기, 불붙는 데 부채질하기, 장에서 흥정 깨기, 다 된 혼인 훼방 놓기, 제사에 쓸 술에 개똥 넣기, 사람 못 살 곳에 이사 보내기, 길에다 허방 놓기, 외상술 마시고 술값 떼먹기, 똥 누는 사람 주저앉히기, 우물 곁에서 똥 누기, 장님 이끌어다 개천에 처박기, 노인 덜미 잡기……

_본문에서

슬픔에 빠진 이웃을 위해 삼가는 태도를 갖고, 위급한 상황에 처한 이웃을 돕는 것은 사람의 당연한 도리입니다. 그러나 놀부에게는 '도리' 자체가 하릴없는 노릇인 것 같아요. 다시 읽어 보면 재미 삼아 남의 일에 훼방을 놓고, 남을 괴롭히며 쾌감을 느끼잖아요. 심지어 밥을 빌러 온 흥부를 향해 놀부가 "몽둥이를 들고 웃으면서 나"섰다는 판본도 있습니다. 다른 사람의 고통을 느끼지 못하는, 일종의 인격 장애일까요.

가만 보면 '나쁜 사람'을 넘어 '야수성'까지 보입니다. 이런 성격은 이윤을 추구하는 합리적이고도 적극적인 성격과는 아무런 상관이 없어요. 그냥 막돼먹은 거죠. 하필 이런 인물이 부자입니다. 자식을 굶길 수 없어 밥을 빌러 온 아우 흥부에게 놀부는 자신의 부를 과시하는 한편, 갚을 만한 사람이 아니라면 밥 한술, 돈 한 푼 죽어도 못 준다고 합니다.

> "쌀이 많이 있다 한들 너 주자고 노적을 헐며, 벼가 많이 있다 한들 너 주자고 섬을 헐며, 돈이 많이 있다 한들 너 주자고 돈궤의 문을 열며, 찬밥에 보리등겨에 술지게미 너 주자고 우리 집 개돼지를 굶기랴! 겨가 섬으로 있다 한들 너 주자고 우리 집 소를 굶기랴!"
>
> _본문에서

보는 것처럼 놀부는 양식과 당장 쓸 돈, 가축을 두루 갖춘 부자입니다. 묘사를 보면 꽤 부유한 농민이죠. 얄궂게도 놀부가 얼마나 부자인가는, 굶주린 아우를 내쫓는 놀부의 입으로 확인이 되네요. 그럼 놀부는 어떻게 이렇게 부자가 되었을까요?

놀부는 흥부 몫의 유산을 꿀꺽하고는 흥부네 가족을 내쫓습니다. 조선 시대 농촌에 뿌리를 둔 공동체의 가부장은 집안 노비까지 포함한 대가족과 겨레붙이 모두의 어른이 되어 요즘의

자치단체장 못잖은 역할을 했습니다. 공동체는 함께 일하고 함께 살며 함께 복리를 누렸지요. 한데 놀부는 유산을 공평하게 나누지도 않았고, 공동체 안에서의 의무도 저버렸죠. 왜? 돈이 다니까요. 놀부에게는 돈보다 중요한 것이 없었고, 돈으로 향해 난 외길을 야수처럼 달려갔습니다.

아우 흥부

놀부에 견주면 흥부는 세상이 정한 도리 안에서만 착한 사람이 아닙니다. 흥부는 집안에서 부모님에 대한 효도, 웃어른에 대한 공경, 형제 사이에 우애를 다합니다. 나아가 이웃을 돕고, 병든 나그네를 돕고, 우는 아이를 달래고, 굶은 이에게 제 밥을 덜어 줄 만큼 적극적으로 선한 의지를 실행하는 인물입니다.

그 마음을 미루어 알 수 있듯이 흥부는 갑작스럽게 집안에서 내쫓긴 뒤에도 가족을 거두기 위해 어떤 일도 마다하지 않습니다.

남의 논밭 갈기, 가축 접붙이기, 연자방아에 소 몰기, 비
오는 날 명석 걷기, 똥오줌 치기, 재 치기, 대장간에 풀무
불기, 담 쌓는 데 자갈 줍기, 제사 지내는 집 그릇 닦기, 이
엉 엮기, 시초 베기, 밤길에 남의 짐 지기, 생선짐 지기,
주막집 술짐 지기, 기생 편지 심부름, 초상집 부고 심부
름……

_본문에서

이처럼 흥부는 몸이 부서져라 일합니다. 흥부의 아내도 남편
못잖게 일합니다. 바느질, 부잣집 방아 찧기, 남의 집 김장, 초
상집 빨래 등 여성이 할 수 있는 모든 노동을 다 해냅니다. 그
러나 논도 밭도 연자방아도 가축도 부부의 것은 아니죠. 부부
에게 떨어지는 것은 푼돈입니다. 아무리 열심히 일을 해도 하
루 벌어 하루 먹는 살림은 불안하기만 합니다.

땅이 없어 농민일 수가 없고, 밑천이 없어 장사를 할 수 없는
흥부네더러 '게으르다', '그러니 못살지' 하는 것이 온당한가
요. 자신의 처지에서 할 수 있는 일을 하는 사람들을 함부로 비
난할 수 있을까요.

소작농이라도 되면, 빌린 땅이나마 땅에 기대 한 해 살림을 가늠합니다. 소작농이 지주에게 모자란 양식을 빌리는 것은 당연한 관행입니다. 그러나 흥부네처럼 한 뼘 땅도 없는 경우, 할 수 있는 일은 날품팔이뿐! 흥부네는 하루 벌어 하루 먹어야 하는 신세고, 만약 하루에 하루 먹을 만큼 벌지 못하면 굶어야 합니다. 굶기가 여러 날 되면 굶어 죽기 말고는 선택의 여지가 없습니다.

흥부는 하다 하다 돈을 받고 남의 매를 대신 맞는 '아르바이트'까지 하려 합니다. 그나마 죄수가 사면을 받는 바람에 흥부는 울면서 돌아오기도 하지요. 어떤 판본에는 또 다른 불쌍한 날품팔이가 흥부 매품을 새치기했다고도 해요. 낙심한 채 돌아온 흥부는 아내와 부둥켜안고 웁니다. 우리 살림은 왜 이렇게 늘 쪼들리느냐며. 일을 해도 해도 쪼들리기만 하다니, 오늘날 언론 사회면을 장식하고 있는 '워킹 푸어'란 말이 새삼스럽군요.

생명으로 떠들썩한 집, 새 생명이 깃드는 집

날품팔이는 고달프기만 하고, 매품도 글러 먹고, 양식 빌러 형한테 갔다가 흠씬 두들겨 맞기나 하고……. 낙심한 흥부 부부는 스스로 목숨을 끊을 생각을 하기도 하고, 도덕적으로 옳지 못한 방법으로 돈을 모아 보자는 말을 하기도 해요. 그렇지만 부부는 어느 쪽도 실행에 옮기지는 않아요. 어떻게든 살아가자는 다짐을 나누며 새봄을 맞지요.

이들 부부 사이에 아이들이 많은 것을 두고도 이러쿵저러쿵하는 사람들이 있던데 이 부분도 한번 생각해 봅시다. 한 판본에 따르면 흥부 부부는 한배에 쌍둥이, 세쌍둥이도 봐서 금세 아들 열다섯을 뒀다고 하지요. 흥부 부부는 모든 것을 놓아 버리고 싶을 순간도 서로 위로하며 넘깁니다. 부부는 함께 정당한 노동을 하고, 함께 가족을 지킵니다. 이 어려움 속에서도 새 생명은 끝없이 탄생합니다. 새 생명은 금세 밥 달라고 아우성칠 정도로 생명력을 뽐내며 자랍니다. 이 정도로 생명력이 넘치기에 제비 부부도 흥부네를 찾아왔는지 몰라요. 이만한 가족이라야 만물이 소생하는 새봄의 새 생명과도 어울리죠!

맞잡이인 놀부네를 떠올리니…… 아등바등 돈은 모으는데, 남편은 몽둥이로, 아내는 주걱으로 양식 빌려 온 흥부를 두들겨 팰 만큼 쿵짝이 잘 맞는데, 둘이 욕심보 하나는 척척 맞는데……, 아이들이라든지 생명의 이야기는 거의 없네요. 몹시 쓸쓸하네요. 놀부네가 부자는 부자인데, 뭐랄까, 생명력은, 활기는, 사람의 온기는 모르겠네요.

누구의 바람을 품고 박으로 여물었나

둥지로 쳐들어온 구렁이 때문에 새끼 제비 다리가 부러진 사연은 앞서 소개했죠. 흥부는 평소 이웃을 도와 온 마음을 짐승에게도 쓰지요. 흥부는 새끼 제비를 거둔 뒤 상처 낫는 데 좋다는 조기 껍질(또는 명태 껍질)로 한 번, 명주실로 또 한 번 묶어 줍니다. 그러고는 둥지에 고이 넣어 주지요.

이 행동은 "굶은 이에게 제 밥을 덜어 주고, 힘없는 사람이 놀림을 당하면 한사코 말려"준 흥부의 찬찬함을 떠오르게 합니다. 지금 어려움을 겪고 있는 상대의 아픔에 공감하고,

공감한 바에 따라 그 아픔을 덜 만한 행동을 찾을 줄 아는 태도가 하루아침에 생기나요. 흥부의 마음과 행동은 평소와 같았던 것이죠.

새끼 제비는 보답이라도 하듯 몸을 추스르고 강남으로 날아갔다가 이듬해 박씨를 물고 옵니다. 덕분에 흥부의 팔자가 편 것은 여러분이 아는 대로고요.

여기서 잠깐!

이 초자연적인 '대박'이 마음에 들지 않는다는 이유만으로 『흥부전』을 우습게 여기지는 않았으면 합니다. 앞서 보았듯 흥부는 겉으로 보기에 착한 것 이상으로 진짜 착한 사람이고, 부부는 가족을 위해 끊임없이 노동을 이어 갑니다. 극단적인 선택, 부도덕한 선택의 유혹을 받기도 했지만 그마저 이겨 냈습니다.

예부터 지금까지 수많은 민중들이, 서민들이 실제로 이렇게 살고 있습니다. 박에서 튀어나온 금은보화는 흥부로 대표되는 민중 또는 서민의 생활이 어떻게든 나아지길 바라는 모든 이들의 응원이 뭉치고 뭉친 것으로 보면 어떨까요. 또는 초자연적인 '대박' 말고는 궁핍함을 벗어날 여지가 없는 현실을 드러낸다고 읽으면 어떨지요.

그 마무리는

　이후 놀부는 흥부한테 샘도 나지, 평소 재물 욕심도 더욱 불
붙지 해서 불쌍한 새끼 제비의 다리를 일부러 부러뜨리지요.
　놀부는 제비 집에 제 손을 넣어 새끼 제비를 집어냅니다. 그
러고는 새끼 제비의 두 다리를 무릎에 대고 꺾어 버립니다.
　남의 고통에 둔감한 놀부는 평소에도 내 이익과 쾌락을 위
해 얼마든지 상대방을 못살게 굴어 왔습니다. 이런 악행이 특
별한 목적을 위해서라면 더욱 무시무시한 쪽으로, 연극적으로
변합니다. 새끼 제비는 다리가 부러져 바둥거리는데 놀부는 모
른 체하고 연기를 합니다. "여보! 아이 어멈! 내가 아까 글 읊
느라 미처 보지 못했네."
　그 결과 놀부가 큰 벌을 받았음은 누구나 잘 알지요. 박을 탈
때마다 재앙이 불어나건만 놀부는 그때까지도 다음 박 하나가
이제까지의 모든 손해를 벌충할 것으로 믿고 박타기를 멈추지

못하죠. 드디어 마지막 한 푼까지 다 털리고야 놀부는 정신을 차립니다. 그 뒤, 알거지가 된 형 놀부에게 아우 흥부가 먼저 손을 내밉니다. 우리 집으로 가서 앞으로 함께 살자고.

　사람의 도리를 믿고 산 흥부에게 복이 돌아오기까지, 도리 대신 돈을 택했고, 어느새 악당이 되어 버린 놀부가 잘못을 뉘우치기까지 『흥부전』은 참 빙빙, 길게도 에돕니다. 그런데 이 먼 길은 고비 없이 펼쳐진 길이 아닙니다. 이 길은 인물의 성격, 행동과 태도가 드러나고 뒤섞이는 길입니다. 인물과 인물 사이의 갈등과 화해가 고비 노릇을 하는 길입니다.

　알려진 줄거리, 그것도 흐릿한 기억 속의 줄거리만을 붙들고 있다면 '흥부는 착한 사람, 놀부는 나쁜 사람' 하는 식의 허무한 결론 말고는 얻을 것이 없습니다. 인물이 보여 준 구체적인 말과 행동, 태도와 상황을 이해한 뒤에야 느낌이 새로워지고, '그렇구나!' 하는 공감 또는 깨달음이 올 것입니다. 이때에야 비로소 고전 읽는 보람을 말할 수 있을 테지요. 부디 보다 많은 사람이 『흥부전』에 실제로, 깊이 들어가 보기를 바랍니다.

　끝으로 다듬으며 참고한 자료를 밝힙니다. 큰 틀과 줄거리는 신재효가 정리한 〈박타령〉을 따랐습니다. 세부를 다듬을 때에는 경판본 『흥부전』을 비롯해 여러 명창의 판소리 사설을 참고했습니다. 이 자리를 빌려 연희를 만들어 즐기고, 자료를 모으고 다듬고 전한 이름 없는 옛사람, 예술가, 기록자, 연구자 여러분께 다시 한번 경의를 표합니다.

2017년 2월

고영

차례 | 여는 글 4

【 오늘의 한국어로 다듬은 흥부전 】

서로 다른 형제 25

───〈이야기 너머〉 **먼저 알아 두어야 할 것들** 30

안에서 내몰린 흥부 41

───〈이야기 너머〉 **복덕골로 간 흥부네 가족** 48

흥부네 살림 55

───〈이야기 너머〉 **조선 시대의 상속 제도에 대하여** 62

다시 만난 형제 71

───〈이야기 너머〉 **새로운 농업과 농촌** 78

어떻게든 살아야지   85

──── 〈이야기 너머〉 흥부 부부의 날품팔이와 워킹 푸어   92

뜻밖의 손님   103

──── 〈이야기 너머〉 이어지고 이루어지다   112

박타는 흥부   119

──── 〈이야기 너머〉 흥부네의 환호   130

놀부의 시샘   135

──── 〈이야기 너머〉 화초장 타령   146

박타는 놀부   151

──── 〈이야기 너머〉 박타다 망한 놀부, 그리고   165
오늘의 「흥부전」이 정리되기까지

오늘의
한국어로
다듬은
흥부전

서로
다른 형제

말과 소가 다르듯
소와 말이 다르듯

우리나라는 어진 사람들이 사는 나라이고, 사람 된 도리를 아는 사람들의 나라이다. 열 집이나 있을까 말까 하는 마을 또한 신의를 지키는 사람들의 마을이고, 일곱 살짜리 아이조차 공손한 마음을 지키려 한다. 이런 나라에 어디 나쁜 사람이 있겠는가. 그러나 지난 역사를 보면 평화롭기 이를 데 없던 시대에도 흉악한 사람이 있고, 또 못된 도둑과 잔인한 강도가 없지 않았단 말이지……. 자 지금부터 이야기를 시작할거나.

　우리나라 충청, 전라, 경상 세 도의 어름에 박씨네 형제가 살았다. 형은 놀부, 아우는 흥부라 했다. 이 둘이 같은 아버지, 같은 어머니 사이에서 태어났건만 말과 소가 다르듯, 소와 말이 다르듯 달라도 한참 달랐다.
　사람이라면 누구나 간이 있고, 심장이 있고, 지라가 있고, 폐가 있고, 신장이 있다. 이런 장기와 여러 기관이 제자리에서 제 역할을 하기에 사람이 살 수 있게 마련이다. 그런데 놀부에게 는 남과는 달리 또 다른 기관이 하나 더 있었다. 놀부의 왼쪽 갈비뼈 밑엔 '심술부'란 기관이 떡하니 드리워 있었다. 마치 병 부 주머니를 드리운 것 같아서 겉으로 보기에도 알아볼 만했 다. 심술부 때문인가? 심술부가 없어도 그러했을까? 놀부한테 서 나쁜 마음보가 한번 터져 나오면 도무지 막된 짓에 끝이 없 었다. 그 하는 짓이 똑 이랬다.

초상난 데 춤추기, 애 낳는 집에서 개 잡기, 아이 밴 여자 배 차기, 불붙는 데 부채질하기, 장에서 흥정 깨기, 다 된 혼인 훼 방 놓기, 제사에 쓸 술에 개똥 넣기, 사람 못 살 곳에 이사 보내 기, 길에다 허방 놓기, 외상술 마시고 술값 떼먹기, 똥 누는 사 람 주저앉히기, 우물 곁에서 똥 누기, 장님 이끌어다 개천에 처 박기, 노인 덜미 잡기, 곱사등이 엎어 놓고 발꿈치로 탕탕 치 기, 달리는 사람 정강이 차기, 논두렁에 구멍 뚫기, 패는 곡식 이삭 자르기, 곡식밭에 우마 몰기, 애호박에 말뚝 박기, 다 된 밥에 흙 뿌리기, 우는 아이 꼬집기, 재울 듯 불러다가 오밤중에

나그네 내쫓기, 풍수꾼의 나침반 숨기기, 침쟁이의 침 훔치기, 남의 무덤 파헤치기, 동네 공유지 팔아먹기, 남의 산림 가로채기, 일 년 농사 지어 준 머슴 새경[1] 대신 옷 벗겨 내쫓기……

　이런 짓을 눈 하나 깜짝하지 않고 할 수 있는 놀부의 마음은 돌덩이와 같고, 그 욕심은 먹이 찾는 짐승과 같았다. 네모진 막대기로 이마를 비빈들 진물 한 점 날 사람이 아니며, 대장장이의 불집게로 몸의 어느 한 군데를 꽉 집는다 해도 눈 하나 깜짝할 사람이 아니었다. 사람됨이 이렇지만 놀부는 제 아버지가 농토를 많이 가진 부자인지라 잘만 먹고 잘만 살았다.

　놀부의 아우 흥부는 전혀 다른 사람이었다. 부모에게 효도하고 어른을 존경하며 이웃과는 화목하게 지냈다. 친구 사이에는 신의와 믿음이 있었다. 굶을 정도로 딱한 사람에게는 먹던 밥을 덜어 주고, 헐벗은 사람에게는 입고 있는 옷까지 벗어 주었다. 흥부가 평소 하는 행동은 똑 이랬다.

---

1 새경　머슴이 주인에게서 한 해 동안 일한 대가로 받는 돈이나 물건.

노인의 짐 대신 지기, 장마에 불어난 물 건너는 사람 돕기, 불난 집 세간 지키기, 길에서 주운 돈 임자 기다렸다 돌려주기, 산골에서 백골 보면 다시 깊이 묻어 주기, 어진 사람이 모함을 받으면 나서서 억울함을 밝히기, 길 잃은 어린아이 부모를 찾아 주기, 주막에서 병든 사람 보면 병든 사람의 집에 병자의 소식 알리기……

흥부는 봄에 막 땅 위로 기어올라 온 벌레 한 마리도 함부로 죽이지 않았고, 한창 자라는 풀잎 하나도 함부로 꺾지 않는 사람이었다. 그런데 놀부는 하나에서 열까지 흥부가 마음에 들지 않았다. 놀부가 보기에 흥부의 평소 생활은 남의 일 하느라 내 돈 벌 시간을 축내는 짓의 연속일 뿐이었다.

먼저 알아 두어야 할 것들

소설은 이야기가 중심인 갈래입니다. 『흥부전』 하면 다른 무엇보다, 제비가 물고 온 박씨 덕분에 흥부가 큰 복을 받았다는 '이야기'부터 떠오릅니다. 흥부도 놀부도 제비도 이야기 속에 제자리가 있습니다.

사람은 아득한 예부터 이야기를 만들고, 이야기를 들려주고, 듣고, 쓰고, 다양한 형태로 그것을 복제해 여러 사람과 돌려 읽었습니다. 사람이 있는 곳엔 늘 이야기가 함께했지요.

사람은 그 이야기 속에 인간의 탄생부터 담고 싶어 했습니다. 인간이라는 존재는 무엇이고, 지금 우리 겨레는 어디서 왔는지 궁금해했습니다. 이를 우주와 연관된 광대하고 초자연적인 상상력으로 풀고, 인간보다 신이

한 다른 세계의 존재에 잇대어 이야기를 만들면 '신화'가 됩니다. 태초에 어떻게 인간이 생겨났는가, 아무것도 없는 데에서 인간이 어떻게 나타났는가 하는 이야기 말입니다.

이들 이야기는 모두 시간적으로는 태초로, 공간적으로는 우주로 벋게 마련입니다. 이 가운데 한 겨레와 한 나라의 시작을 인간 세계 밖에서 온 신이한 존재의 이야기로 풀면 그것을 '건국 신화'라고 합니다. 그리스·로마 신화, 단군 신화, 주몽 신화를 떠올리면 쉬이 이해가 될 거예요.

한편 내가 살고 있는 곳과 내가 속한 공동체를 좀 더 구체적인 이야기에 담으려는 마음도 있겠지요? 이야기는 구체적인 지역과 보통 사람의 행동을 통해 시작되고 마무리됩니다. 아울러 무엇인가의 유래를 되도록 설명하려 듭니다. 한 마을의 유래, 한 공동체의 유래, 독특한 풍속이나 의식의 유래는 '전설'을 따라 내려오곤 합니다. '전설의 고향', '전설 따라 삼천리' 같은 말은 아주 익숙할 거예요.

그런가 하면, 흥미와 재미 자체에 보다 집중한 이야기도 나타나지 않겠어요. 이를 '민담'이라고 합니다. 보통 사람들의 생활 속 이것저것을 활용

하여 사람의 허구적 상상력을 덧붙인 재미있는 이야기입니다. '그림 형제가 정리한 민담'이나 '톨스토이의 러시아 민담'을 떠올리면 단박에 개념이 머릿속에 들어올 거예요.

그러면 소설은? 소설은 어떤 갈래로 설명하고 이해하면 좋을까요?

먼저 소설은 사실이나 현실에 바탕을 두고 작가가 상상력을 발휘해 허구적으로 구성한 이야기입니다. 역사나 사실 자체는 아닌 것이지요. 상상력으로, 독자가 그럴듯하다고 받아들일 만한 흐름을 만들어 내되, 한 편으로 완결성이 있어야 합니다. 이를 문학 이론에서는 '개연성 있는 허구'라고 합니다. 한마디로 설명하기는 어렵지만, '그럴듯하다', '받아들일 만하다'를 개연성으로 이해하고, 또한 '사실은 아니지만 사실처럼 이야기 만들기'를 허구라고 이해할 수 있습니다.

그다음, 소설은 신화, 전설, 민담에다가 역사와 당대의 사건, 사고 들을 다양하게 자신의 글감으로 소화합니다. 이전에 있던 거의 모든 이야기 방식을 다 제 밑천으로 활용하는 갈래가 소설입니다. 그러니 소설은 이야기의 표현 방식, 반전의 수법 등이 어느 갈래보다 풍부합니다.

이렇게 해서 소설이 드러내고자 하는 것은 무엇일까요. 인간의 삶, 개인과 공동체 사이의 갈등과 알력, 문화와 역사와 사회의 현실입니다.

또 하나, 소설은 등장인물을 통해 사건이 펼쳐지고, 행동의 이유와 의미 또한 등장인물을 통해 드러납니다. 모든 사건의 중심에는 인물이 있고, 작가는 인물로 하여금 의미 있는 행동을 하게 함으로써 정말 말하고자 하는 바, 작가의 마음속을 독자에게 전달합니다. 소설의 인물은 소설이 창조한 시간과 공간 속에 놓입니다. 이를 배경이라고 하지요.

시간 배경은 특정한 사회상, 시대상과 맞물립니다. 예들 들어 『홍길동 전』은 적서 차별의 모순이라는 사회상이 깃든 시대와 떼 놓고 생각할 수 없습니다. 소설 속 공간 배경 또한 이야기와 긴밀하게 연결됩니다. 홍길동과 활빈당은 조선을 무대로 활동하며 조선의 탐관오리, 조선의 힘없는 사람을 만납니다. 그리하여 율도국이라는 홍길동의 나라는 조선의 권력이 미치지 않는 먼바다의 한 섬에 세워지죠. '먼바다의 한 섬'이라는 공간은 '조선의 권력이 미치지 않음'과 떼어 놓을 수 없습니다.

삼남과 팔도

『흥부전』의 공간적 배경은 우리나라 충청, 전라, 경상 세 도의 어름입니다. 이를 통틀어 '삼남三南'이라고 합니다. 조선의 경제는 삼남의 농업 생산에 크게 의지했습니다. 삼남의 농업은 곧 조선 경제의 기반이라 해도 지나치지 않습니다.

『흥부전』은 지주, 소작인, 머슴, 또는 머슴도 못 해 먹고 사는 농촌 날품팔이의 생활을 잘 담고 있습니다. 삼남이 무대가 될 만한 구성으로 이루어진 작품이란 말이지요.

삼남은 팔도를 통해 다시 살펴볼 필요가 있습니다.

조선은 나라를 세우고, 수도 한양을 중심으로 전국의 행정구역을 '팔도八道'로 짰습니다. 팔도, 각 도에 담긴 뜻은 이렇습니다. 그 중심에는 수도 한양이 있습니다.

• 충청도 : 충주, 청주 방면으로 가는 길
• 전라도 : 전주, 나주 방면으로 가는 길

- 경상도 : 경주, 상주 방면으로 가는 길
- 강원도 : 강릉, 원주 방면으로 가는 길
- 황해도 : 황주, 해주 방면으로 가는 길
- 평안도 : 평양, 안주 방면으로 가는 길
- 함경도 : 함흥, 경성 방면으로 가는 길

경기도는? 경기는 임금의 직할지를 말합니다. 어느 방면이라기보다, 임금이 직접 관할할 만한, 수도 일대를 가리키는 말입니다.

19세기 이전, 그러니까 『흥부전』이 막 태동할 무렵 편찬된 것으로 보이는 조선 팔도 지도책인 『해동여지도』 속에 묘사된 팔도를 한번 보시지요. 또한 충청, 전라, 경상 곧 삼남을 비교해 살펴보세요. 역시 한양, 개성, 평양은 예전에도 대단한 도시임이 한눈에 드러납니다. 세 도시를 둘러싼 복잡한 도로망과, 국경과 수도를 잇는 길을 따라가 보세요. 도로는 빨간 선으로 표시되어 있지요.

경기도와 그 이남에 고을이 많고 도로가 복잡하지요? 삼남의 많은 인

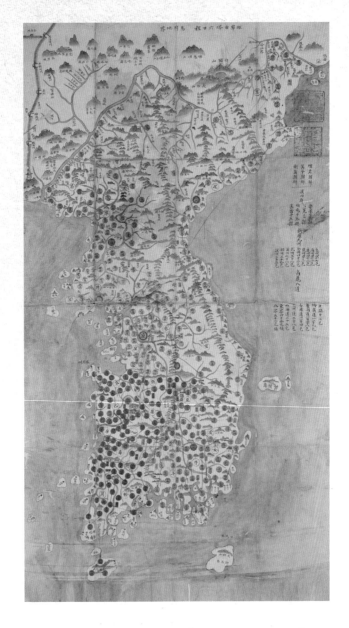

『해동여지도』 가운데 〈전국도〉

구와 경제적 비중을 옛 지도를 통해서도 확인할 수 있습니다. 그런데 놀부 같은 인물을 어느 특정 지역 사람이라고 하면, 그 지역 사람은 너무 섭섭하잖겠어요.

"우리나라 충청, 전라, 경상 세 도의 어름"이라고 했으니, 그 당시 농업이 활발하던 농촌 지역을 배경으로, 농촌에서 있을 법한 이야기가 앞으로 시작된다는 소리겠지요.

집안에서
내몰린 흥부

어린 자식을 업고 안고
울며불며 남편을 따라가는데

이러나저러나 부모님 살아 계실 때에는 형제가 한집안에 살았다. 형님, 아우, 형수, 제수, 그 사이의 아이들이 어울려 살았다. 그러던 어느 날 부모님이 돌아가시고 나니 놀부가 집안의 제일 큰 어른이 되었다. 그러자 놀부의 심술부가 폭발했다. 하루는 놀부가 흥부를 불러 말했다.

"흥부야 들거라, 사람이라 하는 것이 믿는 데가 있으면 아무 일도 안된다. 너도 다 커서 가족을 거느리고 있다. 그런데 너는 사람살이의 어려움은 조금도 모르고, 나 하나만 바라보고 오로지 편안하게 먹고살고 있다. 내가 이제 더 이상 그 꼴 못 보겠다. 부모가 물려준 세간이 아무리 많아도, 그건 모두 장손의 차지이다. 더구나 우리 집안 재산은 나 혼자 장만한 것이다. 네게 갈 몫은 전혀 없다. 너는 네 처자식 데리고 어서 천리 밖으로 떠나거라. 만일 머뭇머뭇 시간을 끌다가는 사람 죽는 꼴 보는 수가 있다. 얼른 가라. 어서 나가!"

흥부는 기가 막혔다.

"아이고, 형님, 형님께 빕니다. 형제는 한 몸입니다. 두 동강이 나면 둘 다 온전할 수가 없습니다. 형제가 이렇게 화목하지 못해서는 남들이 업신여기고, 이웃으로부터 욕을 먹습니다. 저야 그렇다 치고, 젊은 제 아내와 어린 제 자식은 갑자기 어느 집에 가 산단 말입니까. 제가 갑자기 어디서 생업을 마련한단 말입니까. 새도 짐승도 형제간의 우애를 안다고 합니다. 공자님도 열심히 읽은 고전 『시경』에는 '지금 그 누가 모여 있어도 형제만 한 사람은 없다'는 노래가 나옵니다. 형님, 저 때문에 화가 날 일이 있었나요? 옛날 당나라의 장공예라는 사람은 온 형제며 겨레붙이와 대대로 화목하게 살았습니다. 당나라 고종 황제조차 집안 화목의 비결을 물으러 올 정도였습니다. 그때 장공예는 고종 황제에게 참을 인(忍) 자를 백 번 써 보였다고 합니다. 제게 잘못이 있더라도, 형님께 밉보일 행동이 있더라도 한번 참아 주시고 또 이 아우의 처지를 헤아려 주십시오, 형님!"

놀부는 상투 끝까지 화가 치밀어 아우에게 악을 쓰기 시작했다.

"아버지 살아 계실 적에 나는 생판 일만 시키고, 작은아들 사랑스럽다고 글공부만 시켰지. 그래, 너 매우 유식하다. 그 입에서 새, 짐승 얘기에, 『시경』에, 중국 역사가 줄줄이 나오는구나. 그럼 나도 유식한 체를 해 보마. 역사를 놓고 보면 임금 자리 차지하자고 형이며 동생이며 조카 죽인 얘기가 수두룩하다. 네가 말 꺼낸 당나라 역사도 그렇다. 당나라 태종 황제는 제 형과 막내를 죽이고 황제가 됐다. 역사에 이름을 남긴 사람들도 이러한데 나 같은 시골 농사꾼한테만 형제간의 우애를 묻겠다고? 어디 감히 얄팍한 옛이야기를 가지고 와서 혀를 놀려!"

홍부는 다시 입을 열 수가 없었다. 홍부는 온 가족과 함께 구박을 받으며 집안에서 내쫓겼다. 빈털터리였다. 이 세상이 넓다지만 하루아침에 집 없는 신세가 되었다.

홍부의 아내는 더욱 불쌍했다. 부잣집 며느리가 먼 길을 걸어 본 적이 있나. 어린 자식을 업고 안고 울며불며 남편을 따라가는데 도무지 정신을 차릴 수가 없었다. 아무리 배가 고파도 밥 줄 사람은 없었다. 밤은 점점 깊어 가는데 잠잘 집은 보이지 않았다. 날이 저물도록 몸이 빳빳하도록 굶고, 풀밭에서 자고

일어났다.

이렇게 지내는 동안 흥부와 그 아내와 아이들은 죽을 수가 없어 염치도 부끄러움도 버리게 됐다. 이곳저곳 빌어먹으며 한두 달이 지나가니 발바닥이 단단해졌다. 그러고는 부르트는 법이 아예 없어졌다. 발바닥이 두꺼워지는 만큼 낯가죽도 두꺼워졌다. 어느새 흥부도, 흥부의 아내도 부끄러움 따위 싹 사라졌다. 오로지 먹고살 궁리만 남았다.

그러던 어느 날, 흥부네 온 식구가 양달에 늘어앉아 헌 옷을 뒤져 이를 잡았다. 이 모습을 보며, 또 제 옷의 이를 잡으며 흥부가 중얼거렸다.

"이왕 날품을 팔아야 하고, 안 되면 빌어먹기라도 해야 하는데 돈이며 곡식이 많이 모이는 곳으로 가야 하지 않을까!"

흥부는 먼저 해산물 흔하고, 뱃짐 많고, 그래서 날품팔이 일감도 많을 만한 포구를 돌아다녔다. 그러나 농촌 살던 감각으로는 바닷가에서 살 엄두가 나지 않았다. 갯내를 맡으며 포구의 비린내를 맡으며 여기는 아니다 싶었다.

바닷가가 아니라면 산속에 들어갈 생각도 했다. 지리산, 속리산, 계룡산 속의 살기 좋다는 곳, 화전 일굴 만한 곳을 찾아

다녔다. 이번에도 아니다 싶었다. 산속 또한 바닷가만큼이나 낯선 공간이었다. 다녀 보니 산속이란 평지 마을과도 또 달라서 소금 한 줌 얻기가 만만찮은 곳이었다. 흥부는 결국 뱅 돌아 고향 근처로 돌아오게 되었다.

찾고 또 찾아 다다른 마을은 복덕골이라 했다. 마침 마을 한 구석에 빈집 한 칸이 서 있는데, 임시로 지내 보니 수리를 하면 어떻게 여기서 살 수도 있을 것만 같았다. 흥부네는 복덕골에 눌러살기로 했다.

복덕팔로 간 흥부네 가족

여러분이 익히 알고 있는 줄거리만으로는 『흥부전』을 제대로 읽어 낼 수가 없습니다. 두 인물 사이 갈등의 구체적인 양상, 내면과 심리, 주변 인물의 반응을 두루 살필 필요가 있다는 말씀을 굳이 드립니다.

여기서 흥부와 놀부의 성격이 이들 인물을 둘러싼 분위기와 잇닿아 있음, 나아가 이야기의 전개에 큰 영향을 미침을 확인해 볼까요.

흥부는 노인과 어린이와 곤경에 처한 사람을 돕는 데 주저함이 없습니다. 소설 도입부에 제시된 흥부의 성격은 다친 제비를 대할 때는 물론 형 놀부에 대한 우애를 잃지 않는 데까지 이어집니다.

한마디로 흥부는 사람 된 도리를 다하려 하는 인물입니다. 가족을 위해

밤낮없이 일을 하지요. 흥부의 아내도 흥부와 함께 열심히 일을 해 나갑니다. 이런 부모 사이에서 태어난 자식들은 이야기 속에서 생명력과 활기를 보여 주는 대목을 만들어 냅니다. 흥부가 고전을 인용해 형제의 우애를 강조할 때에는 교양을 몸에 새긴 사람의 품위까지 느낄 수 있습니다.

반면 놀부는 자신에게 이익이 되는 일에만 몰두합니다. 돈 되는 일 아닌 데 힘과 시간을 들이는 것을 쓸데없는 짓이라고 여깁니다. 놀부는 이익이 되는 일이라면 얼마든지 남을 해칠 수도 있는 각박한 인간성을 드러냅니다. 놀부 역시 옛 역사를 입에 올리기는 하지만 제 입맛에 맞는 역사적 사실만 들먹일 뿐입니다. 돈밖에 모르는 부자가 역사를 아는 체해 봐야, 교양 있는 체해 봐야 빈 수레만 요란합니다.

놀부의 아내는 놀부와 짝이 되어 도리에 벗어나는 일을 얼마든지 합니다. 놀부네 집에는 가족의 온기 같은 것은 없습니다. 각박한 마음을 지닌 자 옆에 매한가지로 각박한 마음을 지닌 자가 짝이 됨, 활기도 교양도 없음 등이 한 꿰미로 꿰어지는 데에서는 인간 세상의 단면까지 드러난다고 하겠습니다.

흥부네의 발걸음

먹고살 길이 막막해진 흥부네의 발걸음은 바닷가를 향합니다. 조선 후기, 지주들이 더 많은 토지를 차지하면서 농사를 짓지 못하게 된 농민, 또는 국가의 수탈을 견딜 수 없는 농민은 고향을 떠나 새로운 삶의 터전을 찾기 위해 떠돌았습니다.

이때 날품팔이가 가능한 곳, 허드렛일이라도 있는 곳이라면 역시 포구입니다. 상업의 발달로 조선의 주요 포구에는 배로 나르는 화물의 양이 증가했습니다. 당시로써 대량으로 화물을 운송하는 길은 뱃길이 유일했지요. 포구는 뱃길의 길목이자 내륙에서 바깥으로 나가는 통로였습니다.

포구를 통해 거래되는 어물의 양도 늘어났습니다. 붕어, 열목어, 연어, 홍어, 전어, 도미, 삼치, 망둥이, 가자미, 조기, 고등어, 상어, 방어, 전복, 장어, 멸치, 정어리, 홍합, 소라 등은 강과 바다의 포구를 통해 거래되던 대표적인 수산물입니다. 예로 든 수산물은 조선 후기 기록에 상품의 품목으로 등장합니다. 아이를 낳은 여성이 반드시 먹어야 하는 미역국의 재료인 미역도 중요한 상품이었습니다. 오늘날에도 중요한 수산물인 명태는 18세기

1871년에 편찬된 『호서읍지』속 당진 지도. 포구와 함께 해안 지형, 섬, 해안에서 내륙으로 연결되는 도로망이 자세하게 묘사됐다.

가 되면 이미 중요한 상품으로 자리를 잡습니다.

고향을 떠난 농민은 산으로 들어가기도 했습니다. 조선 시대 내내, 고향 떠난 농민이 택한 길 가운데 하나가 화전민이 되는 것이었습니다. 화전민은 산속에 있는 땅에 불을 놓아 잡목, 잡풀을 제거하고, 그 땅에 밭을 일구어 살았습니다. 1960년대까지도 화전민이 존재했지요.

여기에 나오지는 않지만 광산도 고향 떠난 사람들이 모여드는 곳이었습니다. 농사를 짓기 어렵게 된 사람들은 사고라도 한번 나면 땅굴 속에 파묻혀 죽을 위험을 감수하고 은광이나 동광으로 가 날품팔이에 나섰습니다.

포구와 산속을 지나 다시금 고향으로 돌아온 흥부의 발걸음에도 사회 변화의 한 모습이 깃들어 있습니다.

흥부네
살림

내가 아는 어느 가난한 집도
내 집보다는 대궐이구나

간신히 수리를 마쳤으나 집 꼴을 갖추기에는 많이 모자랐다. 마루에는 이슬이 맺히고 천장에는 빗방울이 스몄다. 부엌에 불을 때면 방 안이 굴뚝이 되고, 구멍 난 흙벽으로 화살 쏜 듯 바람이 지나갔다. 틀만 남은 헌 문짝에는 거적을 덮었는데 방에 반듯이 드러누워 천장을 보면 숭숭 뚫린 데로 별과 별자리가 쏟아지는 듯 또렷이 보였다. 흥부가 막일에 피곤한 몸으로 별을 보고 잠들었다 일어나 기지개를 불끈 켜면, 상투가 문짝을 뚫고 앞 토방으로 쑥 나갔다. 그럴 때면 흥부의 발목은 벽을 뚫고 뒤꼍을 향했다.

흥부네가 밥인들 자주 할 리가 있나, 아궁이에는 아예 풀이 자랐다. 한창 자랄 때면 한 마지기 못자리에 꽂고도 남을 만큼 많이도 자랐다. 그래도 흥부네는 해마다 아이들이 더럭더럭 풀풀 잘도 태어나고 잘도 자랐다. 흥부네는 자식 복 하나는 타고

났는지 한 번에 쌍둥이, 세쌍둥이, 네쌍둥이가 태어났다. 이렇게 해서 올해로 흥부네는 열다섯 형제가 됐다. 이 많은 아이들이 나고 자라는데 가난은 여전하니 온 식구가 굶는 날이 많았다. 굶는 중에도 자식들 먹는 타령은 끝이 없었다. 한 녀석이 내질렀다.

"어머니, 우리 열구자탕[2]에 국수나 말아 먹었으면."

또 한 녀석이 나앉았다.

"어머니, 우리 소고기 전골이나 먹었으면."

또 한 녀석이 내달았다.

"어머니, 우리 개장국에 흰밥 조금 먹었으면."

또 한 녀석이 나왔다.

"어머니, 우리 대추 박은 찰떡 먹었으면."

아이들 엄마가 대답도 못 하고 한숨을 쉬는데 한 녀석이 아퀴를 지었다.

"어머니, 나는 장가 언제 가나요?"

하루는 흥부의 아내가 더 못 견디고 서럽게 울먹였다.

---

2 열구자탕 悅口子湯. 입을 즐겁게 하는 탕이라는 뜻으로, '신선로'를 달리 이르는 말.

"내가 아는 어느 가난한 집도 내 집보다는 대궐이구나. 조상님께 잘못했나, 귀신이 미워하나? 점쟁이를 찾아가려 해도 쌀한 줌이 없으니 복채를 낼 수 있나. 서럽구나. 이렇게 굶주리니 염치를 돌볼 겨를이 없네! 이봐요, 아기 아버지! 형님 댁에 건너가서 돈이든 곡식이든 좀 얻어 오시오. 굶은 자식을 좀 보오!"

흥부가 걱정스럽게 대꾸했다.

"형님 댁에 건너가 불쌍한 모습으로 사정하여 돈이든 쌀이든 주시면 좋겠지만, 그 성정에 만일 주시지는 않고 호령만 하시면……. 세상 사람들이 형님 욕을 할 텐데, 안 가는 게 낫지 않을까……."

"뭐요? 주고 안 주고를 누가 알아요. 되든 안 되든 부탁이나 해 보면 한이나 없을 것을! 길을 두고 산으로 갈까? 되든지 안 되든지, 안 되도 그만이니 얼른 가 보아요."

아내가 이렇게까지 말하니 흥부도 어쩔 수가 없었다. 내키지 않지만 달리 어찌할 도리 없이 제 형 놀부네 집으로 갈 수밖에.

흥부가 그래도 형네 집에 간다고 예의는 차리려 하니 우스운 꼴이 됐다. 모자 터진 헌 갓에 구멍 숭숭 뚫려 속살이 울긋불긋 비치는 옷을 입고, 목만 남은 버선 신고, 짚으로 대님 하고, 나막신 또각거리며 길을 나섰다. 흥부의 입에서는 자기도 모르는 사이에 탄식이 쏟아졌다.

"암만 생각해도 될 일이 아니다. 모진 목숨이구나. 이 고생을 하면서 살아가는구나."

이윽고 형의 집 문 앞에 이르니 그사이에 놀부의 재산이 더 늘어난 표가 났다. 쫓겨날 때에는 못 보던 삼십여 칸 행랑이 새로 섰고, 한가운데 솟을대문은 날아갈 듯 당당했다. 대문 지나고 중문 지나는 동안 보이는 머슴과 하인의 수도 전보다 더 늘어난 듯했다. 그 가운데서 늙은 하인이 흥부를 알아보고 깜짝 놀라 절을 하더니 손을 붙잡았다.

"서방님, 그간 어디서 지내셨습니까. 이 꼴이 웬일입니까. 제 방에라도 들어가 숨이라도 돌리십시오"

흥부도 반가워 늙은 하인을 쫓아 들어갔다. 앉자마자 늙은 하인의 말이 쏟아졌다.

"서방님이 이러시니 아씨야 오죽하겠습니까. 그새에 아기는 몇이나 더 낳으셨나요. 그런데 어찌하여 이런 꼴입니까. 서방님이 여기를 떠날 때, 머슴과 하인끼리 그렇게 말했습니다. '군자 같은 서방님이, 그 좋은 마음씨로 어디 가면 못 살겠나, 어디로 가든 잘 지내시겠지.' 저희는 잘 지내실 줄만 알았는데 이렇게 만나고 보니 마음 착한 사람이 반드시 복을 받지는 못하는 세상인가 봅니다."

늙은 하인은 끌끌 혀를 찼다. 흥부는 눈물이 맺히고 목이 메었다.

"아들은 열다섯을 뒀네. 아씨야 말할 게 있나. 우리 식구 열일곱이 똑 죽게 되었기에 형님께 여쭈어 무엇이든 얻어 가려 하네. 형님은 어찌 지내시나."

"도대체 무슨 병이 나야 귀신이 꼼짝할까요. 일생 태평한 분이지요. 성정으로 말할 것 같으면…… 서방님 계실 때보다 더 독해지셨지요. 그간 제사를 어떻게 지냈는지 아십니까. 돌아간 어른 제사상에 제물은 놓지 않고 '감 얼마', '사과 얼마' 하고 제물 이름과 그 값을 적은 종이쪽을 올립니다. 그래도 촛불은 밝혀야 하니 황초는 사 오셨는데요, 제사상 물릴 때 한마디 하십디다. '이번 제사에는 안 쓰겠다, 안 쓰겠다 했건만 황초 값 오 푼은 어디 가서 찾을 데가 없네!'"

말이 여기에 이르자 흥부는 새삼스레 등골이 선득선득했다. 찬물을 끼얹은 듯 가슴이 두근두근하고, 머리끝은 꼿꼿이 하늘로 치솟는 듯했다. 흥부는 저도 모르게 온몸이 벌벌 떨렸다.

"오기 싫더니만……."

"여기까지 오셨는데요. 못 얻어 가면 그만이지 들어가 만나
는 보십시오."

흥부는 한숨을 후 내쉬었다. 그래, 혹시 아나, 형제간인데!
못 얻어 가면 그만이고.

조선 시대의 상속 제도에 대하여

보신 것처럼 이야기의 한 고비가 '상속'입니다. 상속相續은 "한 사람이 한 사람의 뒤를 잇는다"라는 뜻입니다. 옛 사회에서는 신분, 지위, 특수한 권위 들이 상속되기도 하지요. 한편 법률상의 상속에서 가장 중요한 문제는 유산입니다. 법률상의 상속이란 "일정한 친족 관계가 있는 사람 사이에서 한 사람이 사망한 후에 다른 사람에게 재산에 관한 권리와 의무의 일체를 이어 주거나, 다른 사람이 사망한 사람으로부터 그 권리와 의무의 일체를 이어받는 일"입니다. 『흥부전』에서 흥부의 생활이 완전히 달라진 계기가 곧 법률상의 상속이고요. 그렇다면 조선 시대의 상속 제도는 어떤 모습이었을까요? 조선의 사회상과 함께 살펴봅시다.

조선 시대 사람들에게 가장 중요하고 핵심적인 재산은 토지와 노비입니다. 조선 전기에는 고려 시대와 마찬가지로 부모의 토지와 노비를 아들과 딸 사이에 차등을 두지 않고 고르게 나누어 상속했습니다. 시집간 자매에게도 재산이 고르게 돌아갔습니다. 그런데 조선의 사상적 기반이 성리학임을 기억하지요? 예, 이때 상속을 받은 후손의 중요한 의무는 제사입니다. 곧 제사도 큰아들만 지낸 것이 아니라, 아들과 딸 혹은 외손까지도 제사를 주관했습니다. 아들과 딸이 제사를 나누어 지내기도 하고, 돌아가며 지내기도 했지요. 이를 보면 조선 전기에는 여성의 권리도 상당했음을 알 수 있습니다. 다만 첩의 자식은 상속에서도 차별을 받았음은 물론이고요.

그러다 17세기 중엽부터는 상속에서 아들과 딸, 장남과 차남의 차등이 나타나기 시작합니다. 이후 18세기 중엽 이후에는 이 차등이 사회 전체로 퍼지고, 더욱 심해집니다. 상속은 아들에게 먼저 돌아가고, 아들 가운데에서도 큰아들에게 훨씬 많이 돌아갑니다. 큰아들은 집안의 종손으로 우대받으며 제사를 모시는 권위까지 독점합니다.

왜 이런 현상이 일어났을까요? 한마디로 정리하긴 어렵습니다. 역사를

연구한 분들에 따르면, 전쟁과 정치적 혼란에 따라 사회가 보수적인 성향을 띠고, 성리학적 질서가 뿌리를 내리면서 가부장제가 강화된 사정과 관련이 있다고 합니다. 집안의 남성 어른, 대개 그 집안의 큰아들, 종손이 가족에 대해 절대적인 권력을 행사하는 제도가 가부장제입니다. 가부장제가 강화되면 당연히 큰아들에게 권위와 재산이 쏠리게 되지요.

경제적인 요인도 중요합니다. 아들, 딸, 시집간 딸, 외손 모두에게 재산을 나누어 주다 보면 재산은 잘게 쪼개집니다. 쪼개다 보면 가문 유지에 필요한 규모를 유지하기 어려운 경우도 생깁니다. 그래서 아버지 핏줄, 게다가 큰아들 중심으로 더 이상 재산이 잘게 쪼개지지 않게 하느라 큰아들 중심의 상속이 강화될 수밖에 없었다고 합니다.

분재기, 재산 상속을 기록한 문서

상속은 이해관계가 복잡한 법률 행위입니다. 형제자매가 모여 말로 어떻게 하자고 해서 그만일 수 없으며, 나온 말을 아무 종이에나 마구 끄적여 그칠 수 없습니다.

조선 시대에 재산 상속을 기록한 문서를 '분재기分財記'라고 합니다. 가족 간에 합의해서 작성한 분재기는 '화회문기和會文記'라고 하고, 부모가 생전에 재산을 나누며 쓴 문서는 '분급문기分給文記'라고 하는 등 그 종류도 세세하게 나누어져 있습니다.

분재기는 재산 상속의 구체적인 내용을 담습니다. 반드시 양식에 따른 문서여야 하며, 관청의 공증을 받게 했습니다. 문서에는 증인의 서명을 갖추어야 합니다.

작성일, 분배 내용, 상속자들의 서명을 두고 아울러 수결手決, 곧 도장 찍기를 대신해 자필로 자신을 나타내는 문자를 쓰게 합니다. 마지막에는 작성자가 명시되어야 합니다.

큰아들, 가부장 놀부

그러고 보면 『흥부전』은 조선 전기에는 결코 나타날 수 없는 소설입니다. 놀부의 모습도 흥부의 모습도 조선 후기 사회, 경제, 문화 변화와 긴밀히 연결되어 있습니다.

18세기의 상속 관련 문서.

놀부는 형제자매 가운데 아들, 아들 가운데에서는 큰아들을 우선시하는 사회에서 종손으로서 집안의 경제권을 쥐고, 제사를 지내는 가부장입니다. 아우를 내쫓고 부모의 재산을 독차지한다는 설정은 소설적 과장이 되겠습니다만, 큰아들-형-종손을 내세워 우월한 지위를 차지한 점은 조선 후기 가부장제 사회의 모습을 반영합니다.

한데 놀부는 재산만 차지하고 큰아들-형-종손의 역할을 다하지 않습니다. 가부장은 당연히 가족을 보호해야 하지요. 그러나 놀부는 한마을에 사는, 굶기를 밥 먹듯 하는 아우를 모른 체합니다. 제사는 어떻게 지내고 있지요? 여러분이 다시 한번 본문에서 확인해 보세요. 놀부는 마땅히 해야 할 도리에서 완전히 어긋난 짓을 하고 있습니다. 유학에서는 이를 '패륜'이라고 하지요. 그냥 나쁜 사람을 넘어서, 사람 된 도리를 저버린 사람이 놀부입니다.

이에 견주어 흥부는 놀부네에 밥을 빌러 가면서도 예의에 맞는 옷차림을 하려고 노력하고, 혹시 형님이 이웃으로부터 나쁜 소리를 듣지나 않을까 걱정합니다. 전통적인 유교의 도덕 관념에 비추어도 제대로 된 사람은

역시 흥부입니다.

놀부는 '그냥' 나쁜 사람이 아닙니다. 마음이 온통 재물에 쏠려, 권리는 누리고 의무는 저버린, 당시 사회상과 잇대어 읽어야 드러나는 '구체적으로' 나쁜 사람입니다. 이 지점이 또한 소설의 한 맥입니다. 그저 '나쁜 사람이 벌을 받았다'라고만 읽고 말면 많은 것을 놓치게 되는 소설의 급소입니다.

다시 만난
형제

계가 섬으로 있다 찬들
너 주자고
우리 집 소를 굶기랴!

흥부는 쫓겨날 때의 생각이 나 진저리를 쳤다. 그러나 식구
들을 생각하면 빈손으로 돌아갈 수도 없었다. 흥부가 이를 꽉
물고, 팔짱을 단단히 끼고, 죽을 판 살 판이다 외치며 성큼성큼
걸어 놀부의 방이 있는 별채에 이르렀다. 먼발치에서도 호화로
운 차림에 호화로운 담뱃대를 물고, 자리에 비스듬히 앉은 듯
누운 듯 도사리고 있는 놀부가 보였다. 흥부는 바로 툇마루로
올라섰다.

　"형님, 몇 년 만에야 뵙습니다. 안녕하셨습니까?"

　놀부가 한 손으로 자리를 잡고, 배앓이하는 말이 머리를 들
듯 고개를 비껴 돌려 인기척 난 쪽을 바라보았다.

　한 어미의 배에서 나와, 함께 커서 장가들고, 한집에서 자식
낳고, 함께 살던 아우이다. 쫓아낸 아우와 헤어진 지 아무리 오
래되었던들, 그사이에 아우의 모습이 많이 변하였던들, 아우를

못 알아볼 형이 있으랴? 그러나 놀부는 아예 모른 체했다.

"뉘신지요."

흥부는 정말 제 형이 자신을 못 알아보는 줄로만 알고 공손히 대답했다.

"형님, 아우 흥부입니다."

"흥부, 흥부가 누구냐……. 가만있자, 일 년 새경 먼저 받고 모 심을 때 도망한 놈, 그놈은 황보이고. 쟁기질 보냈더니 소 가지고 도망한 놈, 그놈은 숭보이고. 흥부, 흥부, 암만해도 기억이 나지 않는데?"

흥부가 눈치나 있어 그때 돌아 나왔으면 별일이 없었을 텐데, 자신을 모른 체하는 놀부의 흉악한 마음을 헤아리지 못하고 기어코 다시금 예를 갖추었다.

"한 아버지, 한 어머니 사이에서 난 친형제로, 형님 함자는 놀부이고, 이 아우 이름은 흥부라 했는데, 이를 잊으셨습니까?"

놀부가 다시 의뭉을 떨려 했으나 흥부가 밤송이 까듯 또박또박 분명히 대답하니 의뭉 떨 여지가 없었다.

"그래서, 뭐. 한 아버지와 한 어머니인지, 다른 아버지와 다른 어머니인지, 친형제인지 아닌지 여긴 왜 왔느냐?"

미련하기로, 고지식하기로 흥부 같은 사람도 없을 것이다. 흥부는 놀부가 자신을 알아본 줄로 알았다. 자신이 말을 더 잘 하면 형님이 처지를 헤아려 줄 것만 같았다. 흥부는 눈물을 찍 어 내며 고픈 배 틀어쥐며 빌었다.

"형님이 나를 내보낸 까닭은 미워해서가 아니라, 내가 형님 한테 빌붙어 사는 사람이 될까, 살면서 고생하면 보다 나은 사 람이 될까 해서임을 어찌 모르겠습니까."

놀부가 저 치켜세우는 말은 듣기 좋아 이 말에는 바로 대답 했다.

"아무렴."

"형님 댁을 떠날 때 부부가 서로 손 잡고 약속했습니다. 밤 낮으로 착실히 일해 돈을 모으거든, 흰떡 치고, 찰떡 치고, 닭 을 삶고, 찹쌀청주 형님 대접하자고요."

먹는 얘기에 놀부는 침을 꿀꺽 삼켰다.

"좋은 소리다. 그래서?"

"약속은 단단히 하였으나 아직 형편이 피지 못하고 아들만 열다섯입니다. 품도 팔고, 빌어도 먹었으나 이제는 빌어먹자

해도 빌 데가 없는 지경입니다. 여기서 더 시간이 지나면 형님의 아우네 식구가 모두 굶어 죽게 생겼으니 정말 급한 사람에게 밥 한술, 물 한 모금 주는 셈 치고, 부디 양식이든 돈이든 조금만 도와주십시오.”

놀부는 안색이 변했다. 허, 저놈 봐라, 이번에 제대로 다스리지 못하면 오고 또 찾아와 나를 귀찮게 하겠지! 놀부는 머릿속으로 바로 계산을 마쳤다. 그래 이놈, 차라리 굶어 죽지, 나한테 맞아 죽을 생각이 나지 않을 만큼 패서 내쫓자!

놀부네는 시골 한복판에 자리한지라 도둑이며 강도를 방비하느라 철편에, 칼에, 몽둥이에 온갖 무기가 갖추어져 있었다. 놀부는 그 가운데서 다루기에 가장 만만한 몽둥이를 들고 단박에 흥부에게 다가섰다. 다가서자마자 엎드려 우는 흥부의 볼기짝을 냅다 후려 패며 몇 해 전 내쫓을 때보다 더한 기세로 화를 냈다.

“하늘이 사람 낼 때, 정한 복이 따로 있다. 잘난 놈은 부자 되고 못난 놈은 가난한 게 당연하다. 내가 하늘의 복으로 이렇게 잘사는데 네가 지금 하늘이 내린 내 복을 빼앗겠다고? 어디서 떼를 써. 눈물방울 흩뿌리는 네놈 잔꾀에 내가 속으랴! 여기 이

집 재물은 다 내 것이다."

놀부 손에 든 몽둥이는 미친 듯 춤을 추었다.

"쌀이 많이 있다 한들 너 주자고 노적[3]을 헐며, 벼가 많이 있다 한들 너 주자고 섬을 헐며, 돈이 많이 있다 한들 너 주자고 돈궤[4]의 문을 열며, 찬밥에 보리등겨에 술지게미 너 주자고 우리 집 개돼지를 굶기랴! 겨가 섬으로 있다 한들 너 주자고 우리 집 소를 굶기랴!"

흥부는 정신이 하나도 없었다. 놀부 눈에 이제 흥부는 강도로 보였다.

"이놈, 이 강도 같은 놈!"

놀부는 정말 죽일 듯이 다시 몽둥이를 치켜들었다. 흥부는 굶어 죽기 전에 맞아 죽을 판이라 정신없이 달아났다.

별채를 벗어나니 마침 놀부의 마누라가 부엌에서 밥을 하고 있었다. 형수가 보이자, 흥부가 그래도 형수랍시고 도움을 청했다.

---

3 노적 露積. 곡식 따위를 한데 수북이 쌓아 둔 더미.
4 돈궤 돈이나 그 밖의 중요한 물건을 넣어 두는 궤.

"형수님, 살려 주세요!"

그러나 놀부 마누라 또한 놀부 못잖게 악독했다. 놀부 마누라는 아까부터 안채의 사정을 살피고 있었다. 혹시 놀부가 흥부에게 조금이라도 돈이든 양식이든 베풀 것 같으면 뛰어들어가 흥부를 끌어낼 생각이었다. 그런 판인데 마침 내 앞에 보기 싫은 시동생이 나타났겠다!

"누가 죽인다고, 누굴 살린단 말이오. 언제 내게 돈을 맡겼소, 양식을 맡겼소. 어디서 행패야!"

놀부 마누라는 마침 쥐고 있던 주걱으로 시동생 흥부의 뺨을 갈겼다.

딱!

흥부는 또다시 정신이 없었다. 흥부는 제가 우는 줄도 모르고 눈물을 흩날리며 형님 놀부의 집을 부리나케 벗어났다.

멀어져 가는 흥부의 뒷모습을 보며 놀부 마누라는 혼자 중얼거렸다.

"저렇게 떼쓰는 놈은 단단히 패야 다시는 안 올 텐데, 어떻게 팼기에 기어가지 않고 걸어서 가네. 우리 집 가장이 저것도 아우라고 살살 팼구나."

새로운 농업과 농촌

이 작품이 농업이 활발하던 농촌 지역을 배경으로, 농촌에서 있을 법한 이야기를 바탕으로 하고 있음은 이미 말씀드렸습니다.

조선 후기 농업은 이전과는 완전히 다른 모습이었습니다. 반드시 기억해야 할 것으로 이앙법移秧法, 곧 모내기법이 있습니다. 그 전에는 주로 논에다 직접 볍씨를 뿌린 다음 벼를 길렀습니다. 그런데 조선 후기가 되면서 벼의 싹(모)을 못자리에서 키운 다음에 논에다 옮겨 심는 모내기법이 널리 퍼집니다.

모내기법은 못자리에서 잘 자란 건강한 모를 골라 논에 심기 때문에 씨를 바로 뿌려 기를 때보다 수확량이 훨씬 늘어납니다. 게다가 잡초를 뽑는

횟수가 줄어 노동력을 아끼는 효과도 있습니다. 이는 농업 생산력 발전의 동력이 되었습니다.

그뿐만 아닙니다. 고구마, 감자, 고추, 담배 등이 외국에서 들어오면서 재배할 작물의 가짓수도 많아졌습니다. 또한, 전통적 상업 작물인 인삼도 재배 후에 홍삼으로 가공하는 기술에 힘입어 이전보다 더한 이익을 창출해 냈습니다. 확실히 농촌에서 돈을 벌 기회가 늘어난 셈입니다.

조선 후기가 되면 이처럼 전국적으로 상업이 더욱 발달하고, 도시 지역은 도시 지역대로 성장합니다. 채소는 채소대로 또한 내다 팔기 좋은 조건을 갖추어 갑니다. 서울과 같은 큰 도시 주변에서는 무, 순무, 가지, 오이, 수박, 호박, 고추, 마늘, 부추, 파, 염교, 미나리, 토란의 재배와 공급이 사철 이어졌지요. 여기에 삼베, 무명, 비단을 짜는 수공업까지 더욱 활발해집니다. 조선 후기의 학자 정약용丁若鏞, 1762~1836은 당시의 상업적 농업의 발전을 이렇게 묘사했습니다.

모시, 삼, 참외, 오이와 온갖 채소, 온갖 약초를 심어 농사를 잘 지으면 밭

한 이랑에서 얻는 이익은 헤아릴 수 없이 크다. 서울 안팎과 번화한 큰 도시에 파, 마늘, 배추, 오이 따위를 재배하는 밭 10묘(畝, 논밭 넓이의 단위)에서 얻은 수확이 엄청난 돈이 된다. 평안도 지방의 담배밭, 함경도 지방의 삼밭, 한산의 모시밭, 전주의 생강밭, 강진의 고구마밭, 황주의 지황밭의 수확은 모두 최고의 논에서 나는 수확에 견주어 그 이익이 10배에 이른다. 그리고 근년에는 인삼을 밭에 심어 내는 이익이 어마어마하다.

_『경세유표』에서

빛과 그림자

농촌에서 지주는 이전보다 부자가 될 길이 더 넓어졌습니다. 그러나 모두가 잘살게 되지는 못했습니다. 새 기술이 생산력을 발전시켰다지만 조선 사회 또한 가난한 사람은 더 가난해지고, 부자는 더 부유해지는 '빈익빈 부익부'의 덫을 피할 수는 없었습니다.

기회를 잡은 사람은 더욱 제 농토를 키우고 늘렸습니다. 동시에 소작을

김준근이 그린 시장의 풍경. 농촌의 생산이 늘어나고, 생산물이 다양해지면서 시장도 더욱 활기를 띠게 되었다.

붙여 먹고사는, 제 농토 없는 농민도 늘어났습니다. 소작농도 못 되는 사람들은 날품팔이가 됐습니다. 그도 못 하면 거지가 되거나, 고향에서 떨어져 나가 떠돌이가 됐습니다. 그러다 도적으로 전락하는 경우도 생겼습니다.

놀부는 전형적인 농촌 부자의 모습을 보여 줍니다. 한마디로 놀부는 지주가 땅을 더 늘리고, 돈이 되는 작물을 길러 더욱더 부자가 되는 시대의 지주의 모습을 담고 있습니다. 이에 견주어 흥부는 전형적인 농촌 빈민의 모습을 하고 있습니다.

어떻게든
살아야지

짐승도 제 입으로 밥을 물어
자식을 먹이고
새도 날 추우면 날개 벌려
새끼를 덮는데

형과 형수에게 얻어맞은 흥부는 비틀걸음으로 돌아갔다. 흥부의 아내는 형네 집에 간 흥부가 무엇이라도 얻어 오면 굶주린 식구를 먹일 생각에 동구 밖까지 나가 흥부를 기다렸다. 그런데 멀리서 보기에도 흥부는 짐을 지지도 메지도 않은 행색이었다. 누가 봐도 빈손에 정신이 없는 모습이었다. 풍랑에 배 잃은 사공인 듯, 짐 실은 말 잃은 마부인 듯, 남편의 모습이 영 말이 아니었다. 흥부의 아내가 놀란 마음으로 흥부의 손목을 잡았다.

　"어찌 그리 늦어요? 이 꼴은 뭐고?"

　자세히 살펴보니 남편의 쑥 들어간 두 눈가에는 눈물이 그렁그렁했다. 간신히 살을 가리운 옷은 엉망이었다. 누가 봐도 얻어맞은 사람의 모습이었다. 흥부의 아내는 크게 놀랐다.

　"틀림없이 저 몹쓸 독한 사람이, 굶은 사람을 때렸구나!"

흥부는 가슴을 탕탕 치고 발을 구르는 아내를 달랬다.

"그게 웬 소리야. 형님 댁에 건너가니 형님이 반기시고 좋은 술에 더운밥에 잘 먹인 후에 쌀 닷 말, 돈 석 냥을 썩 내어 주십디다. 내가 쌀 속에 돈을 넣어 오쟁이에 짊어지고 돌아오는데, 골짜기에서 강도를 만나 쌀과 돈을 다 빼앗기고 간신히 살아 돌아오는 길이오. 우리 식구 먹을 것 빼앗기고 서러워서 울었을 뿐, 형님 원망할 일은 없소."

이 말을 믿을 흥부의 아내가 아니었다. 흥부의 아내는 자책 감까지 들었다.

"그리 말해도 내가 알고, 저리 말해도 내가 아오. 몹쓸 시아주버니, 하나 있는 동생을 못 본 지가 몇 해인데. 누가 봐도 굶다 찾아온 줄 뻔히 알겠구만, 찌그러진 갓과 구멍 난 옷을 보면 사는 형편 뻔히 알겠구만, 어찌 이리 모질게 구는가. 우리 집 가장에게는 처복이 없는가. 우리 부부야 그렇다 치고, 내가 낳은 자식이 굶주리다니. 짐승도 제 입으로 밥을 물어 자식을 먹이고, 새도 날 추우면 날개 벌려 새끼를 덮는데 나는 어찌 사람으로 태어나 자식을 낳고서, 자식이 굶는 꼴을 보고 가장이 얻어맞은 꼴을 보며 이렇게 산단 말인가."

끝없이 눈물을 흘리고 탄식하는 아내 앞에서 흥부는 어쩔 줄을 몰랐다.

"그만, 그만 울어요. 내가 나서서 품을 팔게. 사람이 그저 죽을까? 내가 어떻게든 일을 할게……."

흥부는 그다음 날로 아픈 몸을 이끌고 일을 나갔다. 남의 논밭 갈기, 가축 접붙이기, 연자방아에 소 몰기, 비 오는 날 멍석 걷기, 똥오줌 치기, 재 치기, 대장간에 풀무 불기, 담 쌓는 데 자갈 줍기, 제사 지내는 집 그릇 닦기, 이엉 엮기, 시초[5] 베기, 밤길에 남의 짐 지기, 생선짐 지기, 주막집 술짐 지기, 기생 편지 심부름, 초상집 부고 심부름…… 흥부는 일만 생기면 몸이 부서져라 일했다. 흥부의 아내도 남편 못잖게 일했다. 오뉴월 남의 밭매기와 구시월 남의 집 김장하기, 남의 벼 낟알 훑기와 얻어먹기만 하고 방아 찧기, 삼 삶기, 물레질, 베 짜기, 머슴의 헌옷 짓기, 초상집의 빨래하기, 채소밭에 오줌 주기, 소주 내리고 장 달이기, 맷돌질에 곡식 집어넣기, 거름주기…… 할 수 있는 일은 부부가 닥치는 대로 해 먹고살았다. 그러나 이 모든 일이

---

5 시초 柴草, 땔감으로 쓰는 풀.

'남의 일'이고, 하루 벌어 하루 먹는 처지에, 매일 일이 있는 것도 아니니 먹는 날보다 굶는 날이 많았고 살림은 펼 기미가 보이지 않았다.

하다 하다 흥부는 매 맞을 죄인 대신에 매를 맞는 매품팔이까지 나섰다. 환곡[6]이라도 꾸어다 먹어 볼까 하고 관아를 기웃거리던 흥부에게 이방이 은근히 말을 걸어온 것이다.

"가난뱅이한테 돌아갈 환곡이 어디 있나. 환곡 대신 매품팔이는 어떤가. 우리 고을 좌수가 억울한 송사에 걸려 매를 맞게 되었네. 좌수가 나이는 많지, 몸은 약하지, 매 대신 맞아 줄 친척 찾기도 힘들지, 내게 대신 매를 맞아 줄 사람을 알아봐 달라고 하는데……. 매 삼십 대에 돈 삼십 냥이야, 선금은 닷 냥이고."

흥부는 얼씨구, 횡재다 하고 선금 닷 냥을 받아 집으로 갔다. 흥부가 아내에게 매품 팔게 된 사연을 말하고 돈을 꺼내 놓으니, 아내는 좋아하기는커녕 방바닥을 치며 화를 냈다.

"매품팔이가 웬 말이오! 아무리 이렇게 살아도, 집안 가장이,

6 환곡 還穀. 조선 시대에, 각 고을에서 흉년이나 춘궁기에 백성들에게 곡식을 꾸어 주고 가을에 이를 환수하던 곡식.

남이 맞을 매를 대신 맞는다니! 그 좌수란 사람이 무슨 죄를 지었는지 아오? 도둑이오? 강도요? 사기꾼이오? 세금을 떼먹었소? 남을 모함해 송사를 일으킨 무고 범죄자요? 정말 억울한 사람인지 아닌지 어찌 아오? 여러 날 굶은 사람이 매를 맞았다가는 몇 대를 맞지 않아 쓰러지겠지요. 이 돈 닷 냥, 이방한테 얼른 가서 돌려주오. 매는 맞지 마오. 가려거든 나 죽는 꼴 먼저 보고 가오. 만일 매 맞다가 아이 아버지 죽으면, 나도 따라가 줄초상이 날 줄 아오. 아이들이 부모 잃을 줄 아오.”

삼십 냥이 적은 돈인가. 흥부는 아내를 어르기 시작했다.

“좌수하고 이방하고 형리하고 다 얘기가 되어 있다니까. 매품팔이 하느라 남의 매를 대신 맞는 사람은 세게 치지 않는답디다. 돈 삼십 냥 생기면 열 냥은 고기 사서 매 맞은 몸 회복하고, 열 냥은 쌀을 사서 온 식구 밥 지어 포식하고, 열 냥은 송아지 사서 앞날을 도모하지!”

“고기도 싫고, 밥도 싫고, 송아지 나는 모르오. 얼른 가서 매품 흥정 물러오시오!”

흥부는 아내의 성화만 면하기로 했다.

“그럽시다. 내가 매 아니 맞을게. 돈 돌려주고 오리다.”

그렇게 나와서는 동네를 길게 한 바퀴 도는데 마침 맞은편에서 이방이 걸어왔다. 이방의 표정은 어두웠다.

"이보게."

"굶었어도 악이 남아 매 삼십 대에 쓰러질 리는 없소. 내 매 맞다 죽지 않소. 걱정 마오."

"그게 아니고……."

"?"

"방금 온 나라에 사면령이 났다네. 중죄인 빼고는 모두 형을 면하고, 감옥에서 풀어 주라는 큰 사면령이 났어……."

흥부는 어안이 벙벙했다. 아, 내 돈 삼십 냥! 낙심한 흥부의 모습을 바라보며 이방은 안타까운 표정으로 말했다.

"삼십 냥은 안됐으나, 선금 닷 냥 내놓으란 소린 아니하겠네. 걱정 말고, 그 돈 닷 냥 부디 식구들을 위해 쓰게. 좌수도 더 말을 하지 않을 테고, 좌수가 선금 닷 냥을 기어코 돌려받겠다고 하면 내가 그 닷 냥 물어낼 테니."

이때 흥부의 아내는 매품팔이에 나설 만큼 곤궁한 집안과 가장의 처지가 돌아보여 슬픔에 잠겨 있었다. 마침 흥부가 들어오니 그대로 흥부를 얼싸안고 울음을 터뜨렸다.

흥부 부부의 날품팔이와 워킹 푸어

같은 농촌이라고 해도, 많은 땅을 차지해 점점 더 부유해지고 있는 지주가 사는 건너편에는 흥부와 같이 땅 하나 없는 농촌 사람들이 있습니다. 하다못해 소작이라도 부치면 매일, 매달, 한 해를 살아 나갈 예측이라도 하겠는데, 흥부네는 하루 벌어 하루 먹는 신세입니다.

당시 농촌의 날품 종류는 보시는 대로 이렇게 다양합니다. 그런데 이를 다른 각도에서 보면, 안정적으로 생업을 이어갈 만한 제대로 된 일자리는 거의 없었다는 뜻이지요.

오늘날 이런 경우를 가리키는 말이 있지요. 여러분도 익히 접한 '워킹 푸어working poor' 말입니다. 워킹 푸어란, 현대 사회에서 하루하루 열심히

김준근, 〈갈이질하고〉

김준근, 〈품 팔러 다니는 사람〉

김준근, 〈물레질하고〉

일하고 있지만 아무리 시간이 흘러도 생활 보호 수준의 가난에서 벗어날 수 없는 사람을 가리킵니다. 한마디로 말해 열심히 일해도 빈곤을 벗어날 수 없는 사람을 뜻합니다.

날품 파는 흥부네의 모습에서 오늘날의 워킹 푸어를 떠올리기란 어렵지 않습니다. 하다 하다 결국 흥부가 다다른 곳은 남을 대신해 매를 맞는 최악의 날품팔이였습니다. 이렇게 해서라도 가족을 돌보려는 가난한 가장의 선택은 당시 마찬가지로 궁핍했던 다수의 보통 사람들을 울리고도 남았겠지요. 이런 장면들이 『흥부전』의 대중적인 인기의 한 요인이었겠고요.

매품이라니

여기서 잠깐, 조선 시대의 형벌에 대해 알아볼까요. 조선 시대에는 형법의 일선에서 실제로 다섯 가지 형벌을 운용했습니다. 이를 '오형五刑'이라고 합니다. 각각은 다음과 같습니다.

태형 : 가벼운 죄를 범한 자에게 작은 매를 치는 형벌. 최저 10대에서 최

고 50대까지 다섯 등급이 있고, 한 등급의 단위가 10대.

장형 : 태형에 해당하는 죄보다 중한 죄를 범한 자에게 매를 치는 형벌.
최저 60대에서 최고 100대까지 다섯 등급이 있고, 한 등급의 단위
가 10대.

도형 : 중죄를 범한 자를 일정 기간 관아에 붙들어 두고 소금을 굽거나
쇠를 다루는 힘든 일을 시키는 형벌.

유형 : 중대한 범죄를 지은 자를 먼 지방으로 유배시키되 죽을 때까지
고향으로 돌아오지 못하게 하는 형벌.

사형 : 죄인의 목숨을 빼앗는 극형. 목을 매 죽이는 교형, 또는 목을 베
는 참형으로 집행.

매도 함부로 쓰면 안 되겠죠. 매를 칠 때 쓰는 태[7]와 장[8]도 법률에 따라

---

7 태 笞. 길이 3척(尺) 5촌(寸), 윗부분 두께 2분(分) 7리(釐), 손잡이 두께 1푼 7리.

8 장 杖. 길이 3척 5촌, 윗부분 두께 3분 2리, 손잡이 두께 2푼 2리.

• 1척은 약 30.3센티미터. 1촌은 약 3.03센티미터. 1분은 약 0.3센티미터. 1리는 약 0.3밀리미터.

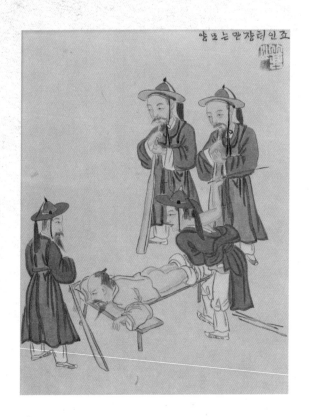

김준근, 〈죄인 태장 맞는 모양〉

만들었습니다. 또한 국왕과 왕비의 탄신일, 왕세자의 생일, 큰 제사를 올리는 날, 국가 차원의 장례를 행하는 날, 천재지변이 생긴 날 등에는 형의 집행을 정지하는 것도 법률에 규정이 되어 있습니다. 돈 내고 태형이나 장형을 면하는 것 또한 법률에 나와 있는 것이랍니다.

조선 후기 문인 성대중成大中, 1732~1809은 매품에 관해 이런 웃지 못할 기록을 남기기도 했습니다.

형조에서는 곤장 백 대를 면하는 돈이 일곱 꿰미였다. 죄인 대신 곤장 맞는 자도 일곱 꿰미를 받았다. 대신 매를 맞아 먹고사는 어떤 사람이 한여름에 하루 백 대씩 두 차례나 볼기 품을 팔았다.

그 사람이 돈꿰미를 차고 으스대며 집에 돌아오자 그의 아내가 웃는 얼굴로 반갑게 맞이하며 말했다.

"백 대 맞을 돈을 또 받았소."

남편이 이맛살을 찌푸렸다.

"오늘은 너무 힘들어. 세 번은 안 돼."

아내는 한숨을 쉬었다.

"당신이 잠시만 힘들면 우리는 며칠을 배불리 먹으며 잘 지낼 수 있소. 게다가 이미 돈까지 받았는데, 못 맞겠다고 하면 어째요."

아내는 곧 술과 안주를 차려 와 남편에게 먹였다. 남편은 취기가 돌자 볼기짝을 쓰다듬고 웃으면서 말했다.

"좋아!"

그러고는 형조에 가 곤장을 맞다가 그만 죽고 말았다.

_『청성잡기』에서

뜻밖의
손님

제비는 가난한 집
마다하지 않고
찾아와 주었구나

스님 하나가 마침 복덕골로 접어들었다. 한눈에 봐도 나이가 많은 이 스님은 칡덩굴 속껍질로 짠 송낙[9]을 쓰고, 누더기 베 장삼을 입고, 율무로 꿴 염주를 목에 걸고, 한 손에는 굽은 지팡이를 짚고, 한 손에는 다 깨진 목탁을 들고 있었다. 스님의 발걸음을 느낀 집집의 개는 쾅쾅 짖고, 늙은 스님을 본 사람들은 합장을 했다. 개가 짖어도, 마주친 사람이 합장을 해도 스님은 한결같았다.

　"나무아미타불."

　복덕골 이 집 저 집을 지나던 스님은 마침 흥부네 문 앞에 이르렀다. 문 앞에서 한참 동안 울음소리를 듣던 스님이 이윽고 목소리를 냈다.

---

9 송낙　예전에, 여승이 주로 쓰던 우산 모양의 모자.

"걸승이 댁 문 앞에 왔으니, 동냥이나 조금 주옵소서."

스님은 가만히 목탁을 치는데, 눈물을 씻으며 나온 흥부가 부끄러워하면서 말했다.

"하필 아무것도 없는 집에 찾아오시어 목탁을 치십니까. 우리 식구도 굶은 지 여러 날입니다. 돈도 곡식도 없습니다. 저희는 부끄럽고 스님은 섭섭한 노릇이오나 다른 집을 찾아가 보십시오."

"그 말씀 알아듣겠으나 울음소리는 웬일이오."

흥부는 더욱 부끄러운 빛을 보였다.

"자식은 여럿인데 이렇게 가난하고, 굶다 굶다 못해 부부가 울음소리를 내게 됐습니다."

"어허 이런, 이렇게 딱할 수가. 부귀에는 임자가 없지요. 착한 일을 하면 부귀는 저절로 따라옵니다. 제가 보잘것없는 사람이지만 만약 제 말을 믿어 준다면, 새로 집터를 하나 가르쳐 드리겠소. 따라오시오."

흥부가 보기에 이 스님이 보통 도승이 아닌 듯했다. 홀린 듯 스님을 따라가니 뒤에는 동산이 있고, 앞에는 물이 흐르는 빈 땅이 있는데 땅에 들어선 흥부의 마음이 어쩐지 편안해졌다.

"여기요. 여기서 다시 터를 잡고, 이전에 살던 대로 착한 마음으로 살다 보면 복을 받을 날이 있을 게요."

스님은 집 지을 기둥 자리 네 군데에 막대기를 박았다. 흥부가 어어 하면서 막대기 박는 모습을 보는가 싶더니, 스님은 갑자기 사라져 아무런 자취도 볼 수 없었다.

흥부는 속으로 '고맙습니다, 고맙습니다'를 외쳤다. 온 가족을 이끌고 과연 이곳에 새로 집을 짓고 다시 한 해를 맞게 되었다.

새봄이 되니 온갖 새가 뒷산에서 울고, 물을 스쳐 날며 울었다. 떠나갔던 제비도 돌아왔다. 마을로 온 제비 무리 가운데 한 쌍은 흥부네 새 집에 둥지를 틀었다. 흥부는 어쩐지 기분이 좋았다.

"누가 우리 같은 가난한 집에 손님이 될까. 이 적막한 산속, 누추한 집에, 제비는 가난한 집 마다하지 않고 찾아와 주었구나. 반갑다, 제비야!"

제비 한 쌍은 흥부네 집 처마 안에 집을 짓기 시작했다. 진흙을 물어 나르고 다듬는가 싶더니 어느새 둥지가 완성됐다. 이윽고는 제비 알 여섯이 보이더니 제비 새끼 우는 소리가 들려

왔다. 제비 부부와 새끼 여섯 마리가 함께 구구, 구구구 새 울음을 울었다. 어미는 열심히 새끼에게 밥을 물어 날랐다. 새끼는 열심히 어미가 물어 온 밥을 받아먹었다. 흥부네 온 식구는 새 식구가 생긴 듯 기뻐했다. 그러나 좋은 일 가운데 나쁜 일이 껴듦인가?

새끼 제비 자고 있는 둥지에 뜻밖에 구렁이 한 마리가 살며시 깃드나 싶더니 제비 부부도 새끼들도 목구멍 찢어져라 급한 소리를 냈다. 마침 둥지 밑을 지나던 흥부가 깜짝 놀라 작대기를 들고 구렁이를 쫓았으나 이미 새끼 제비 다섯 마리는 구렁이에게 먹히고, 한 마리만 간신히 살았으나 그나마 땅에 떨어졌다. 흥부는 급히 새끼 제비를 거두었다. 가만히 살펴보니 목숨은 살았으되 다리가 부러진 듯했다.

"불쌍한 것아, 다리가 부러지다니. 해충을 잡아먹어 농사에 유익하고, 사람하고 이렇게 친할 수 없는 날짐승이 너희 무리인데 하필 우리 집에 왔다가 다친단 말이냐. 내가 기어이 네 부러진 다리가 붙도록 돌보마."

흥부는 조기 껍질을 벗겨 두 다리를 돌돌 말고, 명주실까지 찬찬 감아 제 집에 다시 넣어 주었다. 흥부의 정성이 통했는지

십여 일 지난 뒤에는 다친 제비 다리가 잘 붙고, 나는 연습도 하게 되었다.

홍부 덕에 살아난 새끼 제비는 하늘 높이 날기도 하고, 맑은 물에 배를 쏙 스쳐 지나가기도 하고, 넓은 뜰을 아장아장 걷기도 하고, 길게 맨 빨랫줄에 가볍게 앉기도 하고, 바람에 흩날리는 꽃잎을 따라다니기도 하고, 깃털을 다듬어 가며 쑥쑥 컸다. 이윽고 여름도 지나고 음력 구월 귀뚜라미 소리 들리는 철이 되자 제비는 강남으로 날아갈 채비를 하기 시작했다.

제비 가족은 높이높이 날아오르더니 홍부네 집을 몇 바퀴나 빙 돌았다. 작별 인사라도 하는 듯했다. 그 모습을 본 홍부네 식구들도 제비에게 손을 흔들었다.

"제비야, 멀고 먼 만 리 강남까지 부디 무사히 잘 가렴. 봄이 돌아오면 부디 이 집을 다시 찾아오렴!"

제비 가족도 한 바퀴 더 홍부네 집 상공을 돌고, 홍부네 식구들은 홍부네 식구대로 손을 흔들며 아쉬운 이별을 했다.

제비는 힘껏 날갯짓을 해 강남으로 날아갔다. 날아가 강남 제비 임금에게 조선 다녀온 인사를 하는데 제비 임금이 물었다.

"어찌 새끼는 하나고, 또 새끼 다리는 봉통이 졌나?"

"새끼 다섯은 구렁이에게 잡아먹혔습니다. 하나 남은 새끼도 다리가 부러져 거의 죽을 뻔했는데, 깃들어 있던 집의 주인 흥부 덕분에 치료를 받고 살아나게 됐습니다. 그 은혜는 죽어도 잊을 수가 없습니다."

"흥부란 사람이 정말 어진 사람이구나. 내가 보배 하나를 선물할 테니 흥부에게 가져다주고, 그 은혜를 갚도록 하라."

겨울을 지내고 새봄에 다시 제비가 조선에 나가게 되자 제비 임금이 씨앗 하나를 건넸다.

"이것을 반드시 흥부에게 전하라."

제비가 씨앗을 받아 물고 과연 흥부네 집을 다시 찾아가 지지배배 지지우지 울어 대니 흥부네 식구들이 반가워 어쩔 줄을 몰랐다.

"저 다리, 봉통이 진 저 다리, 내가 조기 껍질, 명주실로 묶어 붙인 다리가 분명하구나. 기다리고 또 기다리다 이렇게 만나다니."

제비도 지지배배 울음으로 다시 인사했다.

"누추한 이내 집을 잊지 않고 허위허위 찾아오다니."

흥부가 한참 반가워하는데 제비가 흥부 앞에 무언가를 툭 떨어뜨렸다. 흥부가 이상히 여겨 바로 아내를 찾았다.

"여보, 아이 엄마, 제비가 무언가를 물어 왔네?"

"무슨 씨앗인가? 외씨인가?"

"외씨 치곤 너무 크고."

"강낭콩인가?"

"강낭콩은 훨씬 넓적하지."

"여보, 아이 아버지, 무슨 글자가 있네!"

"어디 보자. 갚을 보報 은혜 은恩 박 포匏, '보은포'. 음, 보은 포라, 은혜 갚는 박이라! 옳거니, 은혜를 잊지 않고 선물을 물고 왔구나. 고맙다, 제비야."

흥부 부부가 씨앗 하나일망정 고마워하며 단단히 심었더니, 과연 순이 쑥쑥 자라 벋고 또 벋더니만 지붕을 타고 올라가 삿갓 같은 넓은 잎이 온 집을 덮을 지경이었다. 박잎 덕분에 흥부네는 올 한 해 비가 와도 지붕 샐 걱정이 없고, 바람이 거세도 지붕 날아갈 걱정이 없었다. 이만해도 흥부네는 제비가 물고 온 박씨의 덕을 단단히 본 셈이다.

가을로 접어들자 박 세 통이 예쁘게도 여물어 갔다. 팔월 한 가위가 가까워 오자 박은 한층 둥글어지고, 한층 흰해져 그 모습이 꼭 보름달 같았다. 지붕 위에 열린 박을 쳐다보던 흥부가 아내와 의논했다.

"박이 참 잘도 여물었네. 온 동네가 올벼[10] 쌀 찧고 풋콩 까서 밥도 짓고 송편도 하고, 누구는 대추도 따고 알밤노 줍고 붕어도 잡고, 좋은 때에 먹을 것도 많건만 우리 집에는 먹을 게 없네. 마침 박이 저렇게 잘 익었으니, 박을 타서 박속은 지져 먹고 박은 바가지 만들어 팔아 한 끼나마 먹을 곡식을 마련하세."

흥부는 동네 사람에게 도끼를 빌려 지붕으로 올라갔다. 꼭지를 도끼로 찍어 따야 할 만큼 박은 크고 실했다.

---

10 올벼 제철보다 이르게 여문 벼.

이어지고 이루어지다

9세기 중국에서 편찬된 책 『유양잡조』에는 놀랍게도 『흥부전』의 줄거리와 거의 비슷한 설화가 실려 있습니다. 형과 아우의 처지가 바뀐 그 이야기의 줄거리는 이렇습니다.

신라에 김방이라는 사람이 살았다. 김방이가 부자인 아우로부터 누에알과 곡식 종자를 얻어 왔는데, 아우는 알과 종자를 쪄서 형에게 주었다. 그런데 웬걸, 형이 받아 온 누에알 하나에서 황소만 한 누에가 나왔다. 샘이 난 아우가 그 누에를 죽였으나 사방 100리에 있는 누에가 모두 방이네로 몰려와 방이는 명주실을 얻을 수 있었다.

곡식 종자는 단 하나에서만 싹이 나 이삭이 한 척도 넘게 자랐다. 그런데 새가 그 이삭을 뽑아 물고 산속으로 달아났다. 김방이 이를 쫓아갔다가 우연히 한 무리가 노는 모습을 엿보게 되었다. 그들은 금방망이를 두드려 원하는 대로 술과 음식을 얼마든지 마련해 먹고 놀다가 바위 틈에 금방망이를 꽂아 놓고 돌아갔다. 김방이는 그 금방망이를 가지고 돌아와 큰 부자가 되었다. 이 소식을 들은 아우는 형을 따라 했다가 산속 무리로부터 금방망이 도둑으로 몰려 코가 코끼리 코 모양으로 한 길이나 뽑혀 돌아왔다.

그런가 하면 몽골에는 이런 설화도 전해 옵니다.

옛날에 어떤 처녀가 처마에서 떨어진 제비를 구해 주었다. 처녀가 다친 제비 다리를 동여 날려 보내니 제비가 좋아라 하면서 날아갔다. 얼마 뒤 그 제비가 날아와 씨앗을 하나 떨어뜨렸다. 처녀는 그 씨앗을 심었는데 나중에 큰 박이 열렸다. 그 박을 타자 박 속에서 금은보화가 나와 처녀는 큰 부자가 되었다. 한편 이웃에 사는 마음씨 나쁜 처녀가 그 말을 듣고, 자기 집 처

마 밑에 깃든 제비의 다리를 일부러 부러뜨린 다음 실로 동여 매 날려 보냈다. 이윽고 제비가 역시 박씨를 물고 돌아오자 마음씨 나쁜 처녀가 그 박씨를 심어 박을 거두게 되었는데, 이번에는 박 속에서 독사가 나와 그 처녀를 물어 죽였다.

사람들의 입에서 입으로 전해 오는 신화, 전설, 민담 등의 이야기를 통틀어 '설화'라고 합니다. 앞서 설화가 소설에 와 맺히는 과정을 말씀드렸지요?

보신 것처럼 세계 여러 겨레에 『흥부전』의 줄거리를 품은 설화가 전해 옵니다. 들여다보면, 마음씨 나쁜 사람이 남의 흉내를 내 남과 같은 복을 누리려 하다가 도리어 큰 재앙을 받는다는 짜임새입니다. 착한 사람이 복을 받고, 나쁜 사람에게는 벌이 돌아가기를 바라는 보통 사람의 마음이 아주 원초적으로 드러난 이야기지요.

이런 이야기들이 면면히 민중 속에 전해 내려오다가 조선 후기의 구체적인 사회상을 만나 소설로 접어들었을 테지요. 조선의 상속 제도 변화,

농촌과 상업 활동의 변화가 반영되어 이야기의 바탕이 다시 짜이고, 욕심쟁이에다 사람의 도리를 저버린 부자 놀부, 가난하지만 사람의 도리를 다하고 열심히 살면서 작은 생명에게도 따뜻한 인정을 베푼 흥부가 구체적으로 그려져 드디어 『흥부전』이 태어났다고 할 수 있겠지요.

제비야, 제비야

제비는 우리나라에서 여름을 나는 대표적인 여름 철새입니다. 우리나라를 찾아오는 제비는 필리핀, 대만, 태국, 인도 등지에서 겨울을 보내고, 봄에 우리나라로 왔다가, 가을에 우리나라를 떠나 왔던 데로 돌아갑니다. 옛사람들은 제비의 이동 경로를 잘 알지 못했으므로, 막연하게 '강남에서 온다', '강남으로 간다' 했던 것입니다.

강남은 어디냐고요? 원래는 중국 양자강 이남 지역을 말합니다. 우리나라에서는 중국 방향으로 막연하게 먼 데를 통틀어 강남이라고 했습니다.

제비의 몸길이는 18센티미터 안팎입니다. 몸 위쪽은 푸른빛이 도는 검은색, 배 부위인 아래쪽은 흰색, 목과 이마 부분은 붉은색을 띠지요. 꼬리

는 두 갈래로 날렵하게 뻗어 있습니다. 그 모양처럼 뒤가 두 갈래 지게 지은 옷이 바로 고급 신사 예복인 '연미복'입니다.

제비는 적으면 넷, 많으면 여섯 개의 알을 낳습니다. 십여 일을 품으면 새끼가 알을 깨고 나오고, 약 22일이 지나면 완전히 자라 둥지를 떠납니다만, 살던 데로 돌아오는 본능, 곧 귀소성이 강한 동물이기도 합니다. 작품 속 제비의 모습에는 오랜 관찰의 결과가 깃들어 있군요.

참, 이런 속담도 있답니다.

'흥부네 집 새끼 제비만도 못하다'

무슨 뜻일까요. 흥부네서 살다 간 제비는 은혜를 갚았잖아요. 뒤집으면, 은혜 모르는 사람을 꾸짖는 속담이지요. 은혜를 모르는 사람은 새끼 제비만도 못한 사람이라는 뜻입니다.

박타는
흥부

어기여라 톱질이야
당겨 주소 톱질이야
제비의 보은인가
하늘의 감응인가

흥부가 도끼질을 해 꼭지는 땄으나 박이 워낙 커 내리기도
어려웠다. 하는 수 없어 동네 줄다리기에 쓰는 줄을 가져다 박
을 동여 간신히 지붕에서 박 세 통을 내렸다. 그러고서 박을
타려 하니 맨손으로 될 일이 아닌지라 궁리 끝에 동네 목수에
게서 톱을 빌려 왔다. 이러는 동안 흥부는 자기도 모르게 신이
났다.

　"여보, 아이 엄마, 우리가 남의 농사에 품을 팔며 모내기 노
래 한 자락 신나게 불러 본 적이 없으니 이제 박을 타면서라도
노래 한번 불러 봅시다! 되는 대로 불러 봅시다."

　"그럽시다."

　"어기여라 톱질이야, 당겨 주소 톱질이야. 우리가 이 박타서
박속일랑 끓여 먹고 바가질랑 팔아다가 밥 한 그릇 마련하세.
어기여라 톱질이야, 당겨 주소 톱질이야. 목말라 물 찾을 때,

잔칫날 술 돌릴 때 바가지 없이 되겠는가. 바가지 가져다가 쌀도 일고 물도 뜨네. 어기여라 톱질이야, 당겨 주소 톱질이야. 선비의 도시락에 표주박이 어울리지. 어기여라 톱질이야, 당겨 주소 톱질이야.”

이렇게 해서 슬근슬근 박을 타니 박이 탁 갈라졌는데, 아뿔싸! 속이 비어 있지 않은가. 복 없는 놈은 뒤로 넘어져도 코가 깨진다더니, 흥부는 기가 막혔다.

“우리 식구 긁어 먹을 박속을 박타기도 전에 훔쳐 먹은 놈이 있단 말이냐. 박속 파낸 재주보다 박 터진 자리 감쪽같이 도루 붙인 재주가 더 용하구나, 끌끌끌, 후유…….”

흥부가 낙심해 하늘만 쳐다보고 있는데 흥부의 아내가 외쳤다.

“박 속에 웬 궤짝이 있소!”

“응?”

박 속에 난데없는 궤짝이라니. 흥부가 다가가 살피니 궤짝 위에 ‘보은報恩’ 두 글자가 분명했다. 은혜를 갚는다, 옳지, 박씨에는 ‘보은포’라 쓰여 있었지! 흥부는 그제야 깨달았다.

“제비의 선물이로구나!”

궤짝을 여니 하나에는 돈이 가득하고, 또 하나에는 쌀이 수북했다. 흥부와 그 아내가 이 궤짝에서 돈을 퍼내고, 저 궤짝에서 쌀을 퍼내니 끝도 없이 돈과 쌀이 도로 수북이 쌓였다. 궤짝을 탈탈 털고 털어도 돌아섰다 살펴보면 쌀과 돈이 도로 하나 가득 찼다. 부부는 절로 신이 났다.

"아이고 좋아 죽겠다! 일 년 삼백육십 일 그저 꾸역꾸역 나오너라!"

열다섯 형제는 쌀을 보자 부모를 조르기 시작했다.

"엄마, 아빠, 우리 밥부터, 밥부터, 응? 응!"

흥부네가 박을 타다 말고 밥을 짓는데, 그간 어떻게 살았던가. 밥이라곤 한 달이면 아홉 번 먹기가 어려웠고, 부부가 날품 팔아 받은 삯으로 마련한 양식이야 열일곱 입이 먹기에는 늘 모자라기만 했으므로 이번에 한을 풀자는 듯 손에 걸리는 대로 쌀을 퍼 밥을 짓기 시작했다. 반찬으로는 소고기 한번 배 터지게 먹어 보자고 잡히는 대로 돈을 쥐고 푸줏간으로 뛰어갔다.

이렇게 해서 밥이야 반찬이야 얼렁뚱땅 마련했으나 가난한 살림에 그릇, 식칼, 도마가 제대로 있을 리 있나. 열다섯 아들

들은 고기를 붙들고서 낫으로 자르는데, 고기를 먹어 봤어야지, 되는 대로 가로 자르고 우격다짐으로 뭉텅이째 끊고 아무렇게나 찢어 되는 대로 입에 넣었다.

밥은 또 어쩌나, 그릇 없이 어디다 밥을 푸나. 씻지도 않은 쇠죽통에 밥을 퍼다 놓고, 숟가락 찾을 틈도 없이 그대로 밥을 주워 먹기 시작했다. 밥을 거짓말 좀 보태 산더미만큼 쌓았으되, 늘 굶주리던 열다섯 형제는 이번에 못 먹으면 다음에 다시 못 먹는 줄로 알고 앞다투어 밥을 입에 목구멍에 욱여넣었다.

흥부도 밥을 보고 환장했다. 그 뜨거운 밥을, 뜨거운 줄도 모르고 왼손 오른손 번갈아 움켜쥐고 입으로 입으로 밀어 넣었다. 먹다가 먹다가 배가 좀 차니 노래하는 것도 아니고, 중얼거리는 것도 아닌 소리가 흥부의 입에서 흘러나왔다.

"밥아, 너 본 지 오래다. 에잇, 이 못된 것, 어찌 권세 있고 돈 많은 집에만 다니느냐. 너와 오래 이별하고 보니 내 뱃가죽은 등에 붙고, 갈빗대는 따로 놀고, 두 눈은 캄캄하고, 두 귀는 먹먹했다. 누웠다 일어나면 어질어질 휘청이고, 간신히 일어나면 다리가 휘청했다. 에잇, 밥아, 이놈아, 권세 있고 돈 많은 집에서 기르는 개, 돼지, 학, 두루미, 거위는 오히려 나보다 잘 먹어서 밥이 조금만 쉬고, 조금만 상했어도 아예 입에 대질 않는 다지. 밥아, 오해 마라, 반가워 하는 인사지 미워서 하는 소리가 아니란다. 밥아, 반갑다, 어디 갔다 이제 왔느냐! 어찌 서로 이리 늦게 만났는가. 이제 다시는 이별하지 말자꾸나. 밥아, 내 밥아, 옥을 주고 바꿀쏘냐, 금을 주고 바꿀쏘냐! 배고프면 밥을 먹지 금은보화 뜯어 먹나!"

온 식구가 밥 먹기로 한을 풀자 아직 타지 않은 박이 눈에 들어왔다. 흥부가 외쳤다.

"둘째 박도 타자꾸나!"

흥부 부부가 다시 양쪽에서 톱을 잡았다.

"어기여라 톱질이야, 당겨 주소 톱질이야. 좋을시고, 좋을시고, 밥 먹으니 좋을시고."

밥 먹은 기운으로 톱질에 힘을 실으니 어느새 박이 쩍 갈라졌다. 갈라진 박 속에는 온갖 옷감이 들어 있었다. 무늬 없는 얇은 비단, 무늬 없는 검은 비단, 무늬 없는 푸른 비단, 뭉게뭉게 구름무늬 비단, 두리두리 대접무늬 비단, 장엄하다 용무늬 비단, 상서롭다 거북무늬 비단, 포도무늬 비단, 국화무늬 비단, 새발무늬 비단, 발굽무늬 비단, 함경도, 충청도, 조선 팔도에서

난 질 좋은 삼베, 모시, 무명천이 그득그득 끝도 없이 나왔다.

흥부네는 이번에도 눈이 휘둥그레지고 입이 딱 벌어졌다. 흥부가 아내에게 외쳤다.

"여보, 아이 엄마, 나랑 쫓겨난 이래 비단옷을 한 번도 못 입어 보았으니 마음에 드는 옷감을 잡아 보아!"

"나는 송화색 비단요! 아이 아버지는?"

흥부가 아내에게 외쳤다.

"나는 무늬 없이 검은 흑공단! 나는 흑공단 망건, 흑공단 갓 끈, 흑공단 저고리, 흑공단 두루막, 흑공단 바지, 흑공단 행전, 흑공단 버선, 흑공단 대님에 흑공단으로 수건까지 해 주오!"

흥부의 아내가 받았다.

"나는 송화색 저고리, 송화색 허리띠, 송화색 치마, 송화색 겉옷, 송화색 속옷, 송화색 버선에 송화색 비단으로 수건까지 할 테요!"

"그럼 아이 엄마 꾀꼬리 되게!"

"그럼 아이 아버지 까마귀 되게!"

부부가 깔깔대는 동안 아들놈들도 저마다 마음에 드는 옷감을 골라 온몸에 휘감고 좋아라 했다. 그러고는 셋째 박을 마저 타자고 엄마 아빠를 졸랐다. 부부가 다시 한번 톱을 잡았다. 흥부의 노랫소리가 달라졌다.

"세상 사람들아, 나의 노래 들어 보소. 세상에 좋은 사이가 부부 사이라네. 어기여라 톱질이야, 당겨 주소 톱질이야. 우리 부부 만난 뒤로 서러운 고생 많이 했네. 여러 날 밥을 굶고 엄동에 옷이 없었네. 의지할 데 없었다면 지금 우리 살아 있을까. 어기여라 톱질이야, 당겨 주소 톱질이야. 제비의 보은인가, 하늘의 감응인가. 박 속에서 밥이 나고, 박 속에서 옷이 났네. 복받은 우리 부부 길이길이 즐겨 보세. 집안이 화목하면 모든 일이 잘된다네. 어기여라 톱질이야, 당겨 주소 톱질이야."

쩍! 셋째 박이 갈라졌다. 이번에는 무엇이냐, 웬 사람들이 꾸역꾸역 쏟아져 나오는 게 아닌가. 흥부가 겁을 먹고 물러서니, 그중 우두머리로 보이는 사내가 와 아뢰었다.

"하늘의 심부름으로 흥부님 집을 지어 드리러 왔습니다!"

그러고도 석수, 목수, 기와쟁이, 온갖 장인이 자, 곱자, 먹줄, 톱, 대패, 끌, 망치, 도끼, 삽 온갖 도구와 연장을 들고 쏟아져 나왔다. 집 짓고 방바닥 놓고 가구 만들 모래, 자갈, 흙, 석재, 목재, 기와 실은 수레와 마소와 지게가 끝도 없이 지나갔다.

흥부네가 어안이 벙벙한 채로 둘러보니 하늘의 심부름꾼은 정말 재주도 좋지, 바로 터가 다져지고, 기둥이 서고, 지붕 덮이고, 벽의 진흙이 마르더니만 아흔아홉 칸 고래 등 같은 기와집이 거짓말처럼 나타났다. 어어 하는데 방마다 도배까지 다 끝났다.

새 집은 솟을대문이 번듯하고 은은한 풍경 소리가 났다. 안방에는 종이 등롱, 나무 목롱, 자개함, 뒤주, 반닫이, 경대, 빗접고비, 바느질 상자, 키 큰 병풍, 키 작은 병풍, 보료가 가지런했다. 사랑에는 문갑, 책상, 붓, 먹, 벼루, 필통, 바둑판이 정연하고, 『사서삼경』 같은 귀중한 고전, 점잖은 사람들이 다룰 만한 악기, 기개를 뽐내는 데 소용되는 활, 화살, 조총, 환도 같은 무기, 잘 가꾼 매화 화분, 금붕어가 노는 옥병, 깨끗한 부채 등이 조촐했다.

부엌, 세간, 헛간도 가지가지 갖추었다. 밥솥, 국솥, 솥뚜껑, 두멍, 개수통, 살강, 옹배기, 물 항아리, 시루, 소반, 모반, 채반, 대소쿠리, 함지, 조리, 부지깽이, 부엌비, 공석, 멍석, 맷방석, 소쿠리, 먹서리, 쟁기, 따비, 써레, 괭이, 가래, 호미, 살포, 지게, 도끼, 낫, 자귀, 갈퀴, 도리깨, 물레, 씨아, 베틀, 빨랫방망이, 다듬잇돌이 정연히 놓였다.

집을 다 지은 하늘의 심부름꾼은 그대로 남아 흥부네 집안 일을 돌보고 농사를 짓게 됐다. 흥부네는 하루아침에 형편이 피고, 웬만한 양반도 따라올 수 없을 만큼 번듯한 살림을 이루게 됐다. 그러고도 흥부 부부는 열다섯 아들을 가르치고 또 가르쳐, 복덕골에서 함부로 행동하지 않도록 했고, 이웃에게 예의를 지키도록 했다.

이렇듯 흥부네 온 식구가 공손하게 살며, 동네일도, 마을 일도 모른 체하지 않으니 복덕골 사람들은 시샘은커녕 흥부네가 받을 복을 받았다며 기뻐해 주었다.

흥부네의 환호

흥부네는 신이 났습니다. 굶다 굶다 밥을 보아 놓으니 어찌 그러지 않겠어요. 돈으로는 고기를 사고, 쌀로는 밥을 해서 흥부네가 포식을 합니다. 그다음에는 옷감이 쏟아져 나오는군요. 보통 옷감이 아니라, 사치품에 드는 옷감이 마구 쏟아집니다. 흥부 부부는 그중에서도 저마다 마음에 드는 옷감을 골라, 아주 고급스러운 옷을 지어 입고 신사 숙녀로 변신하고요. 여기도 의미심장합니다.

앞서 복잡하게 농촌 사회 변화를 말했습니다만, 돈과 쌀이 나란하다는 것은 화폐 경제가 그만큼 성장했다는 말이지요. 조선 시대에는 오랫동안 옷감과 쌀이 화폐 노릇을 했습니다. 무거운 쌀보다는 옷감이 더 널리 화폐

를 대신했고요. 생산력이 발전하고, 상공업이 흥하기 전까지 조선에서는 삼베, 무명, 쌀 세 가지가 가장 널리 쓰인 실물 화폐입니다.

그렇다면 동전은? 조선의 대표적인 동전인 상평통보常平通寶는 1678년 조선 숙종 임금 때에 처음 발행되었습니다. 그전에도 동전을 발행한 적이 있지만, 널리 쓰이기는 상평통보가 처음입니다. 돈과 쌀이 나란하다는 데에도 조선 후기의 사회 경제 변화가 암시됩니다.

옷감도 그렇습니다. 삼베나 모시뿐 아니라 갖가지 호화로운 옷감이 등장하고, 그 옷감으로 보통 신분의 사람이 평상복을 뛰어넘는 호사스러운 옷을 짓습니다. 이 또한 상공업 발달의 흔적이지요.

여기서 판소리 〈흥부가〉의 인기 있는 장면, '흥부 박타는 대목'을 한번 들어 볼까요?

안숙선 명창과 김청만 고수입니다.

https://www.youtube.com/watch?v=xUyApDHOdXg

놀부의
시샘

장화초, 초장화
아이고 뭐였더라?
아이고 답답해라
이것이 뭐였더라!

흥부가 하루아침에 부자가 되었다는 소문은 금세 사방에 퍼졌다. 이 말은 놀부의 귀에도 곧 들어갔다. 알아보니 흥부가 산다는 복덕골은 멀지도 않았다. 놀부는 배가 아파 견딜 수가 없었다. 거렁뱅이 행색으로 나와 내 마누라한테 매나 맞고 쫓겨난 흥부가 부자가 되다니! 어찌된 영문인지 당장 알아보지 않으면 안 될 것만 같았다. 놀부는 다짜고짜 흥부네로 찾아갔다. 찾아가서는 바로 이놈 저놈 하면서 집 안으로 뛰어 들어갔다.

　"네 이놈 흥부야!"

　놀부가 찾아온 줄을 알고 흥부는 바로 나가 맞았다.

　"아이고 형님, 오셨습니까?"

　"이놈, 대관절 이 집이 뉘 집이냐?"

　"예, 제 집입니다. 여기서 이러지 말고, 방 안으로 들어갑시다."

방으로 들어가 앉은 뒤에 흥부가 조용히 인사를 올렸다.

"뜻밖에 재물이 생겼으니 형님께도 아뢰고 선산에도 가 조상님께도 아뢰려던 참인데, 형님께서 먼저 오셨습니다. 송구합니다."

흥부는 공손한데 놀부는 심술궂게 대꾸했다.

"너 같은 부자가 나 같은 가난뱅이를 볼 생각이었다고? 거짓말 집어치워라. 내가 소문 다 들었다. 너 요새 밤이슬을 맞고 다닌다면서?"

흥부가 팔짝 뛰었다.

"형님 별안간 그게 무슨 말씀이십니까?"

"도둑질 아니면 무슨 수로 이런 살림을 이루나. 곧 관아에서 진상을 알아낼 테고, 너는 곧 기나긴 옥살이를 하게 될 테니 가지고 있는 열쇠나 다 내놓아라. 네 재산 내가 맡아 가지고 있으마."

"형님, 그런 게 아닙니다. 지난해에 오막살이 우리 집에 제비한 쌍이 날아들어 새끼를 깠는데……."

흥부는 지난 일을 놀부에게 시시콜콜 다 일러 주었다. 놀부는 깜짝 놀랐다. 놀부에게는 흥부가 고생 고생 제 힘으로 일해 가족을 부양하고, 가족 간에 화목하고, 날짐승의 생명 하나도 소중히 여기는 마음을 지키고 살아온 속내는 알 바 아니었다. 제비 덕에 횡재하는 수도 있구나 하는 생각만 들었다.

"부자 되기 쉽구나. 네가 제비 한 마리로 부자가 됐다면, 나는 한 열댓 마리 제비 다리를 분질러 너보다 열댓 배 부자가 되어야겠다."

흥부는 할 말을 잃었다. 아무려나 아주버니와 제수 사이에 인사는 해야겠기에 제 아내를 불렀다.

"형님이 오셨소. 나와 인사 올리오!"

흥부의 아내가 그간 놀부로부터 구박당한 일이 떠올라 가슴이 벌렁거리고 사지가 떨렸지만 예는 갖추어야 하기에 나와 인사를 올렸다. 놀부는 제수에게 인사를 받으면서도 막말을 했다.

"야 이놈 흥부야. 쫓겨날 때 보고 지금 보니까 네 마누라가 미꾸라지에서 용이 되었구나."

"형님, 고정하시고, 돈이 필요하시면 돈 싸 드리고, 다른 재물이 필요하면 다른 재물을 보내겠습니다."

자기네 집보다 크고 좋은 집에도 배가 아프고, 귀티 나는 아우한테도 배가 아프고, 귀부인이 된 제수한테도 배가 아파 놀부가 고개를 외로 꼬고 있다가 문득 윗목에 놓인 가구에 눈이 번쩍했다. 한눈에 보아도 값진 물건임에 틀림이 없었다.

"됐다. 저 윗목에 저건 무엇이냐?"

"예, 그것이 화초장입니다. 온갖 장식을 올려 예쁘고 화려하게 만든 옷장이지요"

"화초장? 저거나 하나 내놓아라."

"어찌 지고 가시려고요. 내일 아침에 심부름꾼 시켜 보내겠습니다."

"에잇, 내가 속을 줄 알고. 네가 안 보내면 그만이지, 못 받은 내가 별수 있을까. 매사는 튼튼히 해야 하느니, 본 김에 내가 바로 짊어지고 갈 테다. 어디서 사람을 속이려 들어!"

놀부는 심통이 날 대로 나 흥부네서 더 앉아 있기도 싫었다. 바로 화초장을 짊어지더니, 혹시 그 이름을 잊어버릴까 봐 '화초장' 세 마디를 거듭 외우며 집으로 향했다.

"화초장 화초장 화초장 화초장……"

이렇게 도랑을 건너다 놀부가 그만 입이 꼬였다.

"초장, 초장, 아니지, 고추장, 된장, 아니다. 송장, 구들장, 아

니다."

한 번 꼬이니 계속 꼬였다.

"장화초, 초장화, 아이고 뭐였더라? 아이고 답답해라, 이것이 뭐였더라!"

이럭저럭 집에 당도한 놀부가 제 마누라부터 찾았다.

"여보 마누라."

"무슨 일이오?"

"이리 나와서 내 등에 짊어진 것이 무엇인가 한번 알아맞혀 보게."

"아, 왜?"

"글쎄, 나는 알고 있지만 한번 알아맞혀 보아!"

"친정에서 본 적 있소. 화초장이오."

놀부가 갑갑증이 풀리면서 저절로 아무 말이나 튀어나왔다.

"맞다, 아이고, 내 딸이야!"

"아니, 마누라 보고 딸이라는 사람이 세상에 어디 있소."

"급할 때는 이리도 쓰고, 저리도 나오는 게 말이지."

"이 좋은 화초장을 어디서 가져왔소?"

놀부는 제 마누라에게 흥부한테서 들은 이야기를 털어놓았다. 그러고는 다시 한번 다짐했다.

"그놈이 한 마리면 나는 한 이십 마리 다리를 딱 분지를 테야! 아무렴!"

놀부는 제 집에 제비가 둥지를 틀게 하려고 별별 수를 다 냈다. 먼저 짚신 잘 삼는 사람을 데려다가 돈에 밥에 술에 담배에 있는 대로 대접을 해 가며 짚으로 제비 둥지의 바탕을 엮게 했다. 바탕이 마련되자 안채, 사랑, 행랑, 곳간, 사당, 뒷간 어디고 자리만 되면 바탕을 걸었다. 그런 뒤 산으로 들로 제비를 찾아 나섰다. 억지로라도 제비를 몰아다 제 집으로 향하게 하려는 속셈이었다. 놀부는 참새만 보아도 제비인가, 비둘기만 보아도 제비인가 달려갔다. 그러나 제비 올 철이 아닌데 어디 가 제비를 몰고 온단 일인가. 놀부는 제비, 제비 하다가 칼제비와 수제비만 먹으며 겨울을 지났다.

겨울이 지나자 한 쌍 두 쌍 제비가 날기 시작했다. 그 가운데 운수 나쁜 제비 한 쌍이 하필 놀부네 집으로 날아들었다. 놀부가 그 모습을 보고 쾌재를 부르고는 아침저녁으로 둥지를 살폈다. 이윽고 제비 부부가 알 여섯을 깠다. 그랬더니 이 흉악한 놀부가 아침저녁으로 언제 알을 깨고 새끼가 나오나 본답시고

조물딱조물딱 알을 만지는 바람에 알 다섯은 곯고, 딱 하나만 부화해 새끼가 나왔다.

놀부는 새끼를 본 다음부터는 '제발 구렁이님 와 주십사!' 기도를 했다. 새끼가 날갯짓을 하자 '제발 날다 떨어져라!' 기도를 했다. 제법 새끼의 날갯짓에 힘이 붙자 놀부는 약이 올랐다. 저러다 다리 부러질 새도 없이, 다리 부러뜨릴 틈도 없이 날아가면 나만 손해다! 그래, 우선은 울려 놓고 달래자!

놀부는 제비 집에 쑥 손을 넣어 아직 잘 날지 못하는 새끼 제비를 집어내 제비의 두 다리를 제 무릎에 대고 자끈, 꺾어 버렸다. 새끼가 아파 날카로운 소리를 내도 놀부는 아무렇지 않았다. 놀부는 제비를 마루에 던져 놓고, 모른 체하고, 뒷짐 지고 걸으면서, 산책하며 풍월을 읊는 체하다 외쳤다.

"여보! 아이 어멈! 내가 아까 글 읊느라 미처 보지 못했네. 새끼 제비가 떨어져 다리가 부러졌네! 불쌍해서 보겠는가. 어서 감아 살려 주세!"

놀부와 놀부 마누라는 민어 껍질로 부러진 제비 다리를 세 겹 싸고, 비단으로 된 주머니 끈으로 단단히 동인 후에 제비 집에 도로 넣었다. 놀부 부부는 흥부네보다 비싼 재료로 제비 다리를 동였다고 스스로 대견해했다.

아무려나 제비 다리는 십여 일 지나 붙었다. 복수할 날짐승이니 쉽게 죽겠는가. 이윽고 제비가 강남으로 돌아갈 철이 되어 떠날 준비를 하자 놀부가 거기 대고 외쳤다.

"제비야, 죽을 네 목숨을 내 재주로 살렸으니, 아무리 짐승인들 은혜를 잊어서야 되겠느냐! 흥부 은혜 갚은 제비는 세 통 열리는 박씨를 주었다 하니, 너는 암만 못해도 여섯 통은 열릴 박씨를 물고 와야 한다. 봄까지 기다리지 말고 바로 오면 더 좋고!"

죽다 살아난 제비는 불편한 다리를 한 채 간신히 강남으로 날아갔다. 날아가 제비 임금에게 당한 일을 전하니 제비 임금의 분노가 하늘을 찔렀다. 제비 임금이 박씨 하나를 내밀고 반드시 다음 해 봄에 놀부에게 박씨를 물어다 주라고 신신당부했다.

한편 놀부는 정월 보름부터 강남만 바라보고 살았다. 강남 방면에 별다른 제비 소식은 없는가 심부름꾼을 보내고, 동산에 제비 오는 망을 보라고 사람을 사서 올려 보내고, 하여간 평생 돈을 아끼던 놈이 제비 소식 모으는 돈은 펑펑 써 댔다.

그럭저럭 새봄이 되자 과연 봉퉁이 진 제비가 날아왔다. 놀부는 기뻐 거의 날뛰었다.

"반갑다, 내 제비야. 어디 갔다 이제 왔나. 어찌 그리 더디 온담! 내 간장이 다 녹는다. 박씨는 어디 있나. 나를 다오, 박씨를 다오!"

놀부가 제비 나는 아래서 손바닥을 딱 벌리니, 제비가 물었던 박씨를 정확히 놀부 손에 툭 떨어뜨렸다. 그러고는 놀부를 돌아도 안 보고 흰 구름 너머로 사라졌다. 놀부가 춤을 추며 외쳤다.

"얼씨구 좋을씨고, 절씨구 좋다! 더 큰 부자가 되겠구나!"

놀부가 기뻐 날뛰며 자세히 살펴보지 않았으나, 박씨에는 갚을 보報, 원수 구仇, 박 포匏, 곧 '보구포' 세 글자가 쓰여 있었으니 '원수 갚는 박'이란 뜻이었다.

놀부는 바로 박씨를 심고 거름을 했다. 그랬더니 아침에 심은 것이 겨우 오후가 되어 순이 거의 사람 다리만 해졌다. 놀부 마누라는 아무래도 불길했다.

"아침에 심어 이렇게 크는 식물이 어디 있소. 불길하니 뽑아 버립시다."

놀부가 장담하며 대답했다.

"잘되려고 떡잎부터 다르구먼. 얼마나 많은 재물을 품으려고 이렇게 순이 굵을까!"

이 박은 날마다 갑절씩 더럭더럭 컸다. 연거푸 순이 나고 또 순이 나고, 순의 무게도 무거워 걸치는 데는 죄다 무너졌다.

순이 사당에 걸치면 사당이 무너지고, 곳간에 걸치면 곳간이 무너졌다. 이웃집으로 벋은 순은 이웃집 담장을 무너뜨렸다. 그 때문에 물어 준 돈이 삼천 냥이 넘었다. 순은 순대로 놀부에게 손해를 끼치며 나쁜 징조를 보이다가, 박이 맺히자 십여 일 만에 거짓말 좀 보태 거룻배만큼 큰 박으로 자랐다.

화초장 타령

잠깐 판소리로 건너가 볼까요? 놀부가 흥부네에서 화초장을 빼앗아 제 집으로 돌아가는 대목은 판소리 〈흥부가〉에서도 아주 인기 높은 대목입니다.

무식한 욕심쟁이 놀부의 모습을 재미난 장단과 사설로 풀어내는 동안 서민들은 동네에 한 사람쯤 있음직한 놀부 비슷한 지주나 부자를 떠올리며 더 크게 웃었을 테지요. 지식도, 지혜도, 인간미도 없는 무식한 부자라니, 깔깔깔.

이를 판소리로 펼쳐 보일 때에는 노래하는 사람이 동원할 수 있는 한 거의 모든 '-장'으로 끝나는 낱말을 붙여서 웃음을 더합니다. 마치 오늘날의 프리스타일 랩과 같은 수법입니다.

　실제로 펼쳐질 때에는 천장, 구들장, 방장, 모기장, 구장, 개장, 도장, 우장, 송장, 간장, 고추장, 된장 등 밑도 끝도 없이 말이 나오고, 그때그때 즉흥적으로 슬쩍 욕설도 끼어 넣고요. 무거운 가구를 등에 진 놀부는 자주 엎어지고 자빠지는 것으로 묘사됩니다. 이런 장치가 다 대중의 호응을 이끌어낸 요소라고 하겠습니다. 한 판소리에서는 이렇게도 풀어 가지요.

https://www.youtube.com/watch?v=XgaAPZPI5Bo

박타는
놀부

저 박 중에 하나는
큰 이익을 안겨 주겠지

박이 여물 대로 여물자 놀부는 박을 타기로 했다. 달력을 펴 놓고 길하다는 날을 골라, 그날에 맞춰 술에 밥에 고기까지 준비하고, 돈을 들여 박타는 일꾼을 사서는 드디어 첫 톱질을 시작했다.

"어기여라 톱질이야!"

놀부가 속으로 외쳤다.

'내가 목숨 살린 공이 있으니, 이 박에서 제발 금이 쏟아져라!'

톱질이 이어지는데 박 속에서 사람이 두런거리는 소리가 나는 게 아닌가. 박이 쩍 갈라지더니 과연 웬 노인이 박에서 걸어 나왔다. 노인은 놀부를 보자마자 큰 소리로 꾸짖었다.

"이놈 놀부야, 옛 상전을 모르겠느냐. 네 할아비 딸렁쇠, 네 할미 허튼댁, 네 아비 껄덕놈이, 네 어미 허천네, 모두 우리 집 종이었지. 옛날에 내가 과거 보러 서울 가고 집이 비어 있을 때, 흉악한 네 아비가 우리 집 재산을 모두 도둑질해 도망가더니, 이제 여기서 만나는구나. 이놈, 이게 다 제비가 알려 준 소식이다. 네놈들이 이곳에서 부자로 살고 있음을 알고 불원천리[11] 나왔으니 당장 그 빚을 갚아라!"

놀부는 정신이 캄캄하고 말문이 막혔다. 이제까지 그래도 양반 흉내는 내고 살았는데 집안 내력이 알려지면 그 또한 큰 망신 아닌가. 박에서 나온 노인은 한층 목소리를 높였다.

"이놈, 놀부야, 어서 빚을 갚아라!"

노인이 박에 대고 다시 호령했다.

"애들아!"

그러자 사납게 생긴 장정 여럿이 몽둥이, 올가미를 들고 나와 놀부를 둘러쌌다.

겁을 먹은 놀부는 굴복하지 않을 도리가 없었다.

"상전님, 상전님, 이 동네가 양반 사는 곳입니다. 부디 소문 나지 않게, 속전[12] 바쳐, 속량[13] 하도록 해 주십시오."

"속전? 속량? 그간의 이자는 어찌하고!"

"시키는 대로 하겠습니다."

"기분대로 하자면 바로 잡아다가 거꾸로 매달아 대추나무

방망이로 꽝꽝 때리고, 평생 험한 일을 시키고 싶다만, 시키는 대로 하겠다니 내가 시키는 대로 하겠지. 자, 여기다 돈을 채워라!"

노인이 주머니를 하나 던졌다. 놀부가 집문서, 땅문서 다 빼앗기나 했다가 겨우 주머니 돈 채우란 소리를 들으니 오히려 웃음이 났다. 아주 좋아 못 견디하며 제 방에서 돈 궤짝을 가지고 나와 주머니를 돈으로 채우기 시작했다. 그런데 이게 웬일인가.

돈을 한 줌 넣고, 두 줌 넣고, 열 줌이 넘어가도 주머니는 차지 않았다. 닷 냥, 열 냥, 스무 냥 암만 넣어도 간데없다. 묶음으로 넣어 볼까, 스무 냥씩 묶음 묶음, 백 묶음이 넘어가도 주머니는 돈 들어간 표가 나지 않았다. 망했다! 놀부의 정신이 아득해졌다. 주머니는 어느새 천 냥도 넘는 돈을 먹고 있었다. 놀부가 울먹울먹하며 노인에게 물었다.

---

11 불원천리 不遠千里, 천 리를 멀다고 여기지 않음.

12 속전 贖錢, 죄를 면하기 위해 바치는 돈.

13 속량 贖良, 몸값을 받고 종을 놓아 주어 양민이 되게 함.

"상전님, 이게 무슨 주머니입니까?"

노인이 왈칵 화를 냈다.

"이런, 이런 간사한 놈! 시키는 대로 하겠다더니 조그마한 주머니를 다 못 채우고 벌써 징징대! 당장 저놈을 매달아라!"

놀부가 놀라 다시 엎드려 빌었다.

"이 주머니를 채울 돈이 제겐 없습니다. 주머니에 돈 넣어라 마시고, 부디 얼마를 바쳐라, 금액을 말씀해 주십시오."

"허, 그래? 네 원이 그러하면 즉시 칠천 냥을 바치라. 바로 내놓지 않으면 너와 네 마누라 모두 이 주머니에 처넣으마."

노인이 주머니를 딱 벌리자 놀부가 놀라 방 안의 모든 돈 궤짝을 열어 칠천 냥을 모아 바쳤다. 그제야 노인은 놀부 다그치기를 그쳤다. 간신히 정신을 차린 놀부가 노인에게 물었다.

"상전님, 이왕 이렇게 됐으니 저 주머니의 정체나 일러 주십시오."

노인은 저 먹을 돈 다 먹어서 그런지 순순히 답을 해 주었다.

"이 주머니로 말할 것 같으면 아무리 넣어도 채울 수 없는 주머니이다. 천지개벽한 이래 나쁜 놈들, 사람의 도리를 저버린 놈들의 재물을 빼앗는 주머니다."

"그렇게 모인 재물은 다 어디에 쓰나요."

"부모에게 효도하고, 형제간에 우애 있고, 친구 도울 줄 아는 사람이 가난해지면 그때 이 주머니 속에 모인 재물로 그들을 돕는다. 조선에서는 흥부라는 사람이 평소 선행을 쌓고, 남 도울 줄 알며, 미물의 생명도 아끼는지라 이 주머니 속 재물로 흥부를 도왔단다."

노인이 말을 이었다.

"네가 이번에 마음을 고쳐 형제간에 우애를 회복하고, 이웃에게 사람 된 도리를 지킨다면 이 주머니에 거둔 재물을 도로 갖다 줄 테지만, 이후로도 마음을 고치지 못하면 언젠가 내가 다시 네 앞에 나타나 이 주머니를 열 것이다."

노인은 말을 마치자 자취도 없이 사라졌다. 놀부를 을러메던 장정 한 패도 함께 사라졌다.

박타러 온 일꾼들이 이 광경을 보고 낯빛이 변했다. 더 있다가는 무슨 일을 당할지 모르니 말이다. 일꾼들이 돌아가려 하자 놀부의 몸이 달았다.

"품삯을 더 쳐줄 테니, 부디 박을 마저 타세!"

억지로 억지로 일꾼들이 다시 톱을 잡고 톱질이 시작됐다.

"어기야디야 톱질이야."

놀부는 '이번에는!' 하는 마음이 됐다.

"살다 보면 별일이 다 있지. 한번 견뎌 보자. 세상에 좋은 것이 부자밖에 또 있나. 저 박 중에 하나는 큰 이익을 안겨 주겠지."

쩍! 둘째 박이 갈라졌다. 아뿔싸! 여기서도 심상찮은 사람들이 쏟아져 나오기 시작했다. 이 패는 저마다 놀부를 찾았다.

"놀부란 놈 나와라! 놀부 나와!"

놀부가 다시 기가 막혀 이 패를 바라보고 있는데 점잖아 보이는 사람이 썩 나서더니 호령을 했다.

"거 좀 조용히 하라! 좁은 박 속에 있느라 덥고 시장하니 한숨 돌리고 놀부란 놈을 찾자꾸나!"

놀부가 아무래도 이 사람에게 기운이 눌려 저절로 공손한 말씨가 나왔다.

"제가 놀부입니다. 어쩐 일이십니까."

"오, 놀부가 누군지 먼저 밥이나 차려 오게, 시장하니."

"갑자기 어떻게 저 많은 사람 밥을 차립니까."

"그럼 돈을 내."

"예?"

"밥상 받는 대신 돈 받을 테니…… 보자……. 밥 한 사발이면 얼마를 내야 하나, 반찬 한 접시에 얼마인고, 김치 한 접시에 얼마인고, 술도 한잔 해야지……. 삼천 냥만 가져오게."

앞서 당한 일이 있는지라 놀부가 바로 꼬리를 내렸다.

"삼천 냥 준비할 테니 어찌 오셨는지나 일러 주십시오."

"네놈 할애비 덜렁쇠가 관아의 돈을 횡령해 달아난 뒤, 그 돈을 갖고 그 아들, 또 그 아들까지 부자로 살았지. 오, 네놈이 덜렁쇠의 손자 놀부렷다. 우리는 횡령한 돈 추적하는 관원이다. 횡령한 원금에 이자까지 받아야겠다."

놀부는 말문이 막혔다.

"횡령이라니요! 우리 할아버지가 횡령했다는 증거가 있소? 집행하는 문서는 가지고 오셨소?"

"허, 이놈 봐라. 먼 길에 문서는 두고 왔다만, 네놈 집안 상전으로부터 상전 재산 도둑질한 사연도 자세히 얻어들었고, 아울러 주머니도 받아 왔지."

관원이 품에서 주머니를 꺼내 놀부의 눈앞에 흔드니 놀부는 정신이 나갈 것만 같았다. 아까 보던 돈 먹는 주머니가 분명했다. 놀부는 손이 발이 닳도록 빌었다. 빌고 빌어 먼저 밥값 삼천 냥을 내고, 추징금은 딱 칠천 냥으로 잘라 모두 일만 냥을 내기로 했다. 관원이 만족해하며 고개를 끄덕였다.

"갚고 안 갚고는 네 마음이고, 안 갚으면 바로 온 재산을 몰수하고 네놈은 붙들어다 외딴섬에 귀양 보내려 했지."

주머니가 열리고 돈 일만 냥이 주머니 속으로 빨려 들어가자마자 관원 패는 홀연히 사라졌다.

놀부는 악에 바쳤다.

"삼세번이다! 셋째까지 가 보자!"

일꾼도 집안 사람들도 다 흩어지고 달아난 판에 놀부는 제 마누라와 함께 톱을 잡았다.

슬근슬근 스르렁 톱질이 시작되고, 딱! 셋째 박이 벌어졌다.

이번에는 무엇인가. 나팔 소리, 꽹과리 소리가 요란한 가운데 광대와 재주꾼으로 이루어진 사당패와 떼로 몰려 춤추고 노래하는 각설이패가 쏟아져 나왔다.

"사당패, 각설이패 함께 문안드리오! 우리가 재주 부리고, 구걸해 먹고사는데, 요 몇 년간은 흉년이 들어 우리 같은 사람들이 먹고살 길이 없소이다. 마침 강남 제비 편에 소식을 들으니, 그래도 이 고을은 내내 풍년을 누렸고, 더구나 놀부님네가 가장 부유하다 하니 부디 적선하십쇼. 부디 불쌍한 사람들에게 베풀어 주십쇼. 제가 또 그 제비에게 들으니, 만일 놀부님네가 보잘것없는 돈을 낸다면 따로 벌할 방법이 있다고 합니다."

놀부는 다시 숨이 막히는 것 같았다.

"그래, 놀아라, 재주라도 보고 노래라도 듣자. 얼마냐, 노는 값이 얼마고, 노랫값을 얼마 치면 내가 벌을 면하겠느냐."

재주 부리고 노는 무리가 놀부는 아랑곳하지 않고 저희끼리 놀더니, 다시 우르르 놀부를 둘러싸고 외쳤다.

"그래도 만 냥은 내셔야죠!"

놀부에게서 헛웃음이 났다.

"박통이 다 몹쓸 통이구나. 첫 번 통은 상전 통, 둘째 통은 관원 통, 셋째 통은 사당패 통, 세 통 다 내 돈 먹는 통, 어허허허허……."

남은 돈 모두 긁어 간신히 일만 냥을 만들어 패거리의 우두머리에게 내미니 패거리는 한순간에 어디론가로 사라졌다. 이렇게 쓸고 지나가자 놀부네는 아주 폐허가 되었다. 놀부는 입만 벌리고 서 있고, 놀부 마누라의 통곡이 터졌다.

"망했구나, 이제까지 재산 모으느라 한 번도 편안히 지낸

적 없었는데, 이렇게 다 뜯기는구나. 이럴 줄 알았으면 굶주린 시동생을 제때 도왔지. 형제간에 우애 지키고, 이웃에게 칭찬을 들었지. 돈 뜯기기는 그렇다 치고, 우리 부부 목숨이 위태롭구나."

그때였다. 맺힌 듯 곯은 듯 시들시들 덜 자란 박이 저절로 벌어지며 거기서 또 무언가가 튀어나왔다.

키는 여덟 척이 되고, 얼굴색은 먹빛 같고, 생김은 꼭 제비의 관상으로, 황금 투구에 황금 갑옷을 갖춘 장수가 사나운 말 위에서 긴 창을 휘두르며 우레같이 호령했다.

"이놈 놀부야! 천지간에 형제의 우애만큼 중요한 것이 어디 있느냐. 사람으로 태어나 아우를 박대하다니. 날짐승에게는 어찌 그런 짓을 했느냐. 남의 생다리를 꺾어 제 재물 불어나길 바라다니! 그러한 몹쓸 놈이 어디가 있겠느냐. 내 성정으로는 도저히 용서할 수 없으되, 지금 이 창으로 너를 찌르면 개과천선할 기회가 영영 없을 테니 이번 한 번만 용서하겠다. 나는 강남에서 온 제비 임금이다!"

놀부는 순간 정신을 잃었다. 놀부 마누라도 같이 쓰러졌다.

이 난리를 온 동네가 모를 리 없었다. 소식은 당연히 복덕골 흥부네에도 미쳤다. 흥부가 놀라 놀부네로 달려와 보니, 형님의 집은 이런 난장판이 없었다.

흥부는 엎어진 놀부와 형수를 돌보아 반나절 만에 정신이 돌아오게 했다. 놀부와 놀부 마누라는 눈을 뜨자마자 보이는 흥부의 근심 어린 낯빛을 보고 울음을 터뜨렸다.

"아우야, 내가 잘못했다."

놀부도 놀부 마누라도 진심으로 지난날을 뉘우쳤다. 흥부는 형과 형수를 부축해 자신의 집으로 돌아갔다. 그런 뒤로 흥부와 놀부는 서로 의좋게 지내고 함께 집안을 돌보며 살아가게 되었다. 이들의 우애는 온 고장에서도 유명해져 많은 사람이 부러워하게 되었다.

박타다 망한 놀부, 그리고
오늘의 『흥부전』이 정리되기까지

놀부가 온갖 화를 받는 장면은 워낙 유명하지요. 그런데 여기에도 우리가 꼭 확인해야 할 조선 후기 사회의 이모저모가 있습니다. 먼저 박 속에서 나와 "이놈 놀부야, 옛 상전을 모르겠느냐" 하고 나선 사람이 심상찮습니다.

노비는 조선의 법률상 물건입니다. 말을 알아듣고 노동을 하는, 가축과 다름없는 재산의 일부인 것이지요. 노비가 제대로 사람이 되려면? 양인이 되어야죠. 일정한 대가를 바치고, 양인이 되는 것, 그것이 바로 '속량贖良' 입니다.

노비가 양인이 되는 길은 여럿이 있습니다. 조선 후기에는 농촌 사회와 상공업의 변화에 따라 노비가 개인적으로 재물을 모으고, 그 재물로 속량하는 경우가 흔해지며 신분제가 흔들리기 시작했습니다. 일정한 곡식을 바치거나, 나라를 위해 공을 세우거나, 자기를 대신할 노비를 바치면 양인이 되어 노비에서 해방될 수 있었지요.

그런데 법이고 뭐고, 주인이 사는 곳에서 아주 먼 데로 달아나 양인 행세를 하는 경우도 늘어납니다. 심지어 양반 행세를 하면서 교양을 쌓아 과거에 응시하고, 실제로 과거에 합격해 감쪽같이 양반으로 신분을 세탁하는 경우도 생깁니다.

노비가 달아났다면? 주인의 입장에서는 재산의 손실이지요. 달아난 노비를 추적해 잡는 일을 '추노推奴'라고 합니다. 추노는 조선 후기에 실제로 수많은 사건의 빌미가 되었습니다. 목숨 걸고 달아난 노비가 어느 날 찾아온 옛 주인이나, 주인 대신 찾아온 추노꾼을 그냥 둘 리가 없지요. 이 또한 조선 후기 신분제의 동요라는 사회상을 반영한 장면입니다. 추노와 관련하여 이런 이야기가 남아 전해 옵니다.

양반 송씨네의 젊은 종 막둥이가 주인을 벗어나 달아났다. 송씨네의 어린 아들이 자라나 강원도 어느 곳을 지나가다가 그 고을에서 존경받는 최승지 네에서 묵게 되어 최승지와 인사를 나누게 되었는데 갑자기 한참 나이가 많은 노인 최승지가 울며 절을 올렸다. 최승지가 곧 예전에 송씨네에서 달아난 막둥이였던 것이다. 최승지는 달아나며 남의 종 노릇은 하지 않겠다는 생각을 했다. 우선 대를 이을 아들이 없는 최씨네의 한 사람으로 행세하면서 돈벌이를 해, 서울에서 몇천 냥을 모은 다음 글공부도 하고, 이웃이 근본이 불분명하다고 하면 돈으로 이웃의 입을 틀어막고, 무인의 딸과 결혼하고, 과거에 급제해 승지 벼슬까지 하게 된 것이다. 그리고 지금은 자식이 모두 양반 가문과 혼인하고 아들 가운데는 과거 급제자까지 나와 누가 보더라도 당당한 양반 집안을 이루고 살고 있었다. 그런데 송씨네는 몰락해 가난하기 이를 데 없는 껍데기 양반으로 살고 있었다. 최승지는 송씨네 아들에게 많은 재물을 마련해 주었다. 한편 송씨네 아들에게 갑자기 재물이 생긴 연유를 알아낸 송씨네의 일가가 최승지를 협박하러 최승지네로 갔다. 그러자 최승지네는 그 사람을 미친 사람으로 몰아 가두었다.

한편 관노비라면 관아의 돈을 횡령해 달아날 수도 있지요. 조선의 관아는 횡령 범죄를 집요하게 추적했고, 안 되면 달아난 노비의 집안에 대신 책임을 묻기도 했습니다. 여기 나오는 장면 장면, 당시의 독자 또는 판소리 관객은 고개를 끄덕이며 대할 만합니다.

사당패며 각설이패는 웬 소린가요. 사당패는 떠돌이 예능 집단입니다. 이들의 우두머리를 꼭두쇠라고 하지요. 사당패는 사물놀이의 조상인 풍물, 접시를 돌리는 버나, 땅에서 재주를 노는 살판, 줄타기인 어름, 탈놀이인 덧뵈기, 인형극인 덜미 등을 공연해 먹고살았습니다. 어려운 재주를 보여 주고 사는지라, 상당한 위계질서 아래서 움직였다고 하고요. 이들은 형편이 어려워지면 범죄를 저지르거나 성매매에 나서기도 했습니다. 구성원저마다 재빠른 몸놀림이 가능하고, 조직적으로 움직이기 때문에 이들이한번 심술을 부리면 걷잡을 수가 없습니다. 각설이패 또한 평소에는 구걸이나 하지만 역시 조직력이 있습니다. 이들의 심술도 무섭습니다. 그런데사당패는 전문 연희 집단이고, 각설이패 또한 각설이 타령 등 연희가 가능합니다. 판소리를 연기하는 입장에서는 사당패의 놀이, 각설이패의 소리

를 흉내 내면서 광대의 실력을 뽐낼 수 있습니다. 판의 반응을 보면서 장면의 분량도 조절할 수 있고요. 보는 사람은 그 자체로 흥미로운, 보는 것만으로 재미난 시간이 늘어납니다. 또한 판소리의 흔적이 진하게 배어 나오는 대목이라고 하겠습니다.

흥부전의 탄생, 그리고 다양한 판본

『흥부전』은 누가 언제 만들었는지 알 수 없습니다. 판소리로 먼저 불리다가 점차 소설로 그 갈래를 잡아 가더니, 문자로 정착이 되고, 책으로 펴 나왔겠지요. 이는 여느 판소리계 소설과 매한가지이고, 작가는 이름 모를 다수의 대중이라고 할 수 있을 것입니다.

문학사를 연구하는 분들에 따르면, 대략 1860년쯤 서울 지역에서 처음 소설 『흥부전』이 출간된 듯합니다. 그리고 그 완성도가 높아진 결정적인 계기는 신재효申在孝, 1812~1884의 판소리 여섯 마당 정리 작업입니다.

신재효는 그때까지 입에서 입으로 전해 오던 판소리의 음악과 대본을 정리합니다. 이를 '판소리 여섯 마당'이라고 합니다.

이때 정리된 여섯 작품이 〈춘향가〉, 〈심청가〉, 〈박타령〉, 〈수궁가〉, 〈화용도(적벽가)〉, 〈변강쇠가〉인데요. 이 〈박타령〉이 곧 『흥부전』의 신재효판 판소리 대본이라 하겠습니다.

신재효의 〈박타령〉은 『흥부전』의 세부를 풍부하게 하는 데 크게 이바지합니다. 이후 1913년에 이해조李海朝, 1869~1927가 전에 있던 판소리와 소설을 아우르면서도 고쳐 쓴 〈연의각[14]〉이 나오고, 이 계통의 이야기가 인기를 얻으면서 여러 판본의 『흥부전』이 꾸준히 출간되었습니다.

1915년에는 보통학교의 교과서에 "흥부전"이라는 제목으로 글이 실리는데요. 교과에 "흥부"라는 이름이 오르면서부터 제목이 "흥부전"으로 굳어지게 된 듯합니다. 판소리의 제목도 이를 따라갔고요.

1940년에는 『여성』이라는 잡지에 〈만화 흥보전〉이 연재되는 등 다른 갈래로도 건너갔고, 오늘날에도 그림책, 연극, 만화, 만화 영화 등 다양한

---

14 연의각 燕의 脚, '제비 다리'라는 뜻.

「흥보전」, 1897.

「연의각」, 1913.

『흥부전』, 1917.

〈만화 흥보전〉, 1940.

모습으로 몸을 바꾸고 있습니다.

신재효라는 인물

신재효는 오늘날의 전라북도 고창 사람입니다. 선조들은 서울에 살며 대대로 하급 무관을 지낸 듯한데, 그의 아버지 신광흡申光洽, 1771~1844이 서울에서 고창으로 이사해 아예 고창에서 향리[15] 노릇을 하며 살게 되었습니다. 신재효 또한 아버지의 뒤를 이어 고창에서 이방, 호장 등의 향리직을 지냈습니다.

신재효는 물려받은 재산도 있고, 그 자신도 재산을 유지해 큰 부자로 살았습니다. 그런데 조선 후기 향리, 아전[16]은 지역에서 작은 권력과 재물은 쥐었어도 명예를 누리지는 못했습니다. 향리, 아전은 수령의 앞잡이, 수령이 시키는 대로 주민을 못살게 구는 악당으로 인식되었던 것입니다.

---

15 향리 鄕吏, 고려 · 조선 시대에, 한 고을에서 대물림으로 내려오던 중인 계급의 관리.
16 아전 衙前, 조선 시대에, 중앙과 지방 관아에 속한 구실아치.

신재효는 워낙 음악과 문학을 좋아했고, 예술에 재능과 조예가 대단한 사람이었습니다. 어쩌면 예술가 및 예술 교육자가 되려는 그의 노력 속에는 자신을 악명 높은 아전 계급과 구별 짓고 싶은 마음이 깃들어 있었는지도 모르겠습니다. 아무튼 신재효는 판소리 대본을 정리하고, 대본에 짜임새를 더하는 데 크게 이바지했습니다. 나아가 판소리 공연, 연출, 연기를 체계화하는 데에도 힘썼습니다. 예컨대 신재효는 광대의 조건을 이렇게 정리했습니다.

광대의 제일은 인물치레, 둘째는 사설치레,

셋째는 득음치레, 넷째가 너름새

인물치레란 보는 이를 압도하는 매력, 또는 '스타성'으로 요약할 수 있습니다. 판소리하는 광대가 판에 나섰으면 판을 휘어잡고, 보는 이를 극으로 끌어들여야죠.

사설치레란 대본을 소화하는 능력을 말합니다. 광대의 극과 대본에 대

한 이해, 그리고 문학적 감수성을 염두에 둔 말입니다.

득음치레란 노래하는 실력을 말합니다. 호흡 및 발성 등의 기본기, 음악적 표현 능력을 포괄한 말입니다.

너름새란 몸의 움직임을 통한 연극적인 표현을 이릅니다. 판소리는 노래로 이끌어 나가는 극입니다. 그러니 광대의 몸과 몸짓 또한 연기하는 몸으로, 몸짓으로 극적인 표현에 복무해야 합니다.

이상 신재효가 광대에게 한 요구 또는 광대에게 건 기대는 현대 연기론의 눈으로 보아도 정말 입이 딱 벌어질 만큼 깊이 있고 날카로운 통찰을 품고 있습니다.

또한 신재효는 판소리 광대의 후원자이자 교육자로도 활동했습니다. 그러면서 역사상 첫 여성 명창 진채선陳彩仙, 1842~?을 길러 냈으며, 또 다른 여성 명창 허금파許錦波, 연대 미상를 빼어난 판소리 광대로 성장시키는 데에도 큰 역할을 했습니다.

망하도록 박을 타다니

　제가 정리한 『흥부전』에서, 놀부는 박을 단 세 통을 타고 망하는 것으로 마무리했습니다. 그런데 판본에 따라서는 무려 열세 통이나 되는 박을 타기도 합니다. 탈 때마다 새로운, 게다가 더욱 지독한 재앙이 박 속에서 튀어나오는데요. 그래도 놀부는 마지막 요행을 노려 박을 탑니다.

　남에게 몹쓸 짓을 하고도 복을 바란다? 재물에 눈이 먼 놀부는 자신이 무슨 짓을 시작해 일이 여기에 이르렀는지 돌아볼 겨를이 없습니다. 재물 욕심을 버리지 않는 한, 끝까지 박을 탈 수밖에 없습니다.

　독자는 눈먼 욕망이 사람을 어리석게 하고, 또 사람을 파멸에 이끄는 과정을 보게 됩니다. 이윽고 아무것도 남지 않은 놀부에게 흥부만이 손을 내밉니다. 독자는 사람의 어리석음과 그러고도 남는 따듯한 인간미를 아울러 보게 됩니다. 이때 피어나는 독자 마음속 일렁임은 다만 '권선징악'이라는 한마디로 요약할 수는 없을 것입니다.